「さあ、古《いにしえ》の契約を執行する時間よ！
身代わりの魔女、
ルピア・スターリングが贄《にえ》となりましょう！
不足は認めないわ！

1
誤解された
『身代わりの魔女』は、
国王から最初の恋と
最後の恋を捧げられる
The self-sacrificing witch is misunderstood
by the king and is given his first and last love.
Presented by 十夜
Illustration 喜久田ゆい

ENTS

itch is misunderstood
n his first and last love.

第1章 誤解された身代わりの魔女



by the king and is giv

CONT

The self-sacrificing w
by the king and is give



his first and last love

The self-sacrificing witch is
misunderstood
by the king and is given
his first and last love.

by TOUYA

# 第1章

# 誤解された身代わりの魔女

The self sacrificing witch is misunderstood
by the king and is given his first and last love.

# プロローグ

好きで、好きで、大好きで。

この人には傷一つ、苦しみ一つ与えたくないという思い。

――それが、『身代わりの魔女』のはじまりじゃないかしら。


私は必死になって、横たわっている彼の体に手を伸ばした。

震える手を近付け、意識がなくぐったりとした体に触れると、わずかに上下している胸の動きが感じ取れる。

「……フェリクス様、よかった……」

彼が生きていることを確認でき、安堵のあまりつぶやいた瞬間、私を中心に魔法陣が展開され始めた。

失われた古代の文字が、まるで模様のごとく出現し、円陣を描くように形成されていく。

国王であり夫でもあるフェリクス様は、目を瞑《つぶ》ったまま地面の上に横たわっており、全身びしょ濡れの状態だった。

胸を刺されて川に落ちたものの、自力で岸まで這い上がってきたようだ。

恐らく岸に上がった途端、安堵と傷の深さが原因で意識を失ったのだろう。

そのことを示すかのように、頭や上半身は草の上に横たわっているものの、足の一部は川の中に浸かったままだった。

私は嗚咽が漏れるのを防ぐため、必死で唇を噛み締めると、彼の全身に目を走らせる。

一見しただけでも、肩口から左胸にかけて負った深い切り傷が致命傷であることは見て取れた。

次々に新しい血が流れ出ており、彼が川から上がって僅かな時間しか経っていないはずなのに、横たわっている草一面が赤く染まっている。

彼の命が流れ出て、その終わりを迎えようとしていることは明らかだった。

私は私の肩口に留まっている、小さなお友達に声を掛ける。

「バド・ラ・バトラスディーン！　力を貸して!!」

「……もちろんだよ。正式な名を呼ばれては、従わないわけにいかないね」

普段とは異なる真面目な声で返事をすると、肩口で丸まっていたリスのように見える生き物はふわりと空中に浮き上がった。

それから、一瞬にして何倍もの大きさに膨れ上がると、全く異なる形をとった――古き時代に生息していたと言われている、大きくて美しい古代聖獣の姿に。

**《魔法陣、立体展開・天!》**

バドが古代の言葉を唱えた瞬間、魔法陣から上空に向かって光が立ち上った。

そしてその光はフェリクス様の体に触れた途端、上空に向かうのを止めて彼の体を包み始める。

私は一心にフェリクス様を見つめると、天に向かって両手を伸ばし、契約の声を上げた。

**「さあ、古《いにしえ》の契約を執行する時間よ!**
**身代わりの魔女、ルピア・スターリングが贄《にえ》となりましょう!**
**不足は認めないわ!**
**フェリクス・スターリングの傷よ、一切合切《いっさいがっさい》躊躇《ちゅうちょ》することなく、私に移りなさい!!」**

――その瞬間、私とフェリクス様はつながり、一致した。

体が、魂が、傷が一致し――そして、その一瞬の間に、彼の全ての傷は私の体に移る。

「…………あああああ!!」

刹那、心臓に鋭い痛みが走った。

痛くて、痛くて、痛くて、痛くて、それ以上は声も出せない。

咄嗟に奥歯を噛み締めるけれど、とても我慢できるような代物ではなかった。

……痛い、痛い、痛い!!

目の前が赤く染まったような感覚に陥り、この痛みから逃れることしか考えられない。

ああ、フェリクス様はこんな痛みに耐えていたのか。

これほどの痛みを抱えながら、落ちた川からこの岸まで這い上がったのか。

――生きたい、との望みとともに。

だとしたら、その望みを叶えるのが『身代わりの魔女』の役目だ……。

「かは……っ！」

けれど、彼を救いたいという私の意志を嘲笑うかのように、大量の血が口から零れ落ちる。

想定していたよりも、何倍も傷が深かったようだ。

……まずいわ。

激痛の中、必死で頭を働かせる。

この場所に助けが来るまで、どれほどの時間が掛かるのだろう。

フェリクス様の傷は消えたけれど、彼は意識を失っているため、次に目覚めるまでどのくらいの時間が掛かるか分からない……私を助けることができるようになるまで。

そもそも私は『身代わり』で死ぬことはないけれど、それも適切な処置がなされてこそだ……。

このような人里離れた森の中にいる私たちを探し出してもらうまで、どのくらいの時間が掛かるのだろう。

ましてや、適切な処置が開始されるまで……。

そう思考を深めようとするけれど、痛みで立っていられなくなり、地面に崩れ落ちる。

――けれど、崩れた体は草の感触を味わう前に、ふわふわとした温かいモノに支えられた。

「致命傷だよ、ルピア。この傷でこの場に倒れ伏し、救助が来るのを待つことは、死を選択することと同義だ。……僕の城に招待しよう。そこでこの傷を治すんだ」

痛みで意識が朦朧《もうろう》としている私の耳に聞こえてきたのは、バドの声だった。

けれど、意識が混濁してきて、彼が何を言っているのかを理解することができない。

「君は何も選ぶ必要はない。なぜならこれが君の命をつなぐ唯一の方法なのだから、生きるためには他に選びようがないからね」

その声を最後に、私の意識は真っ暗な世界に呑み込まれた。

――そして、私の体もこの世ならざる空間に……聖獣《陽なる翼》《バド・ラ・バトラスディーン》の城に呑み込まれたのだった。

# 1・王女の輿入れ

一国の王女として生まれたからには、国のために嫁ぐのは当然のことだ。

だから、私は本当に恵まれている。

心の底から大好きな人に嫁げるのだから。

私の手を取っている兄とともに、私は大聖堂に足を踏み入れた。

その瞬間、数えきれないほどの瞳が向けられる。

今日は、スターリング王国国王フェリクスの結婚式だ。

花嫁は大国ディアブロ王国の第五王女、ルピア・ディアブロ――――私だ。

多くの視線が集まる中、少しでも印象がよくなるようにと、私は背筋を伸ばした。

腰まである白い髪は綺麗に結い上げられ、瞳と同色の紫の宝石をちりばめたティアラの下で艶やかに輝いている。

平均的な肉付きの私は、身長の低さも相まって、細さを美徳とする貴族令嬢たちほどには繊細に見えないけれど――――多くのレースや宝石で飾られた純白のドレスに身を包んだ今日だけは、見違えるほど美しく洗練されて見えた。

そのことを嬉しく思いながら、「大陸一の美女」と名高い母と同じ顔立ちで、にっこりと微笑む。

すると、私の姿を見た居並ぶ貴族たちから、ほおっとため息が漏れた。

大聖堂の周りでは、大陸一の強国から後ろ盾となる花嫁を迎え入れたと、国民が熱狂して祝福の声を上げている。

その歓声は、花嫁の受け渡し役として、花嫁の兄であるディアブロ王国王太子が参列しているのを目にした途端、最高潮となった。

大国であるディアブロ王国の王太子が、他国の結婚式に参列したのは初めてであり、嫁いでくる花嫁がどれほど重要な存在かを理解したためだ。

その反応は貴族たちも同様で、私の隣に立つ男性が誰かを理解した途端、誰もかれもが信じられないとばかりに息を呑み、その横に佇む花嫁に対し、心からの敬意を表すために頭を垂れた。

そんなスターリング王国の貴族たちを横目に見ながら、兄がからかうような声を上げる。

「おやおや、新しい王妃様は既に大人気のようだな。だが、まだ遅くない。フェリクス王との婚姻を取りやめて、我がディアブロ王国の貴族に嫁ぐのならば、このままお前を母国に連れて帰るぞ？」

ちらりと見ると、冗談めかした表情の中で瞳だけが真剣に輝いていた。

……この期に及んで、まだ私が他国に嫁ぐことを止めようと思っているのか。

私は兄を睨むと、兄だけに聞こえる音量で返事をする。

「お兄様、私はフェリクス王に嫁ぎます。私のことは諦めてください」

分かり切っていた答えだろうに、私の返事を聞いた兄はショックを受けた様子で平坦な床に躓《つまず》いた。

「……だったら、お前の娘を私の息子の妃にくれ！」

そして、往生際悪くそんな言葉をつぶやく。

私は呆れた思いで兄を見やった。

兄の胸ポケットに収まっているバドも、呆れたようにため息をついている。

聖獣バドは、――――片手に乗るほど小さい、リスそっくりの形状をした私の守護聖獣は、いつだって私の側にくっついているのだけれど、今日ばかりは私の体に張り付いて訝《いぶか》しがられるわけにはいかないと、……でも、私の晴れ姿を見たいのだと言い張って、ぬいぐるみの振りをして兄のポケットに収まっていた。

そんなバドは、からかうような表情を浮かべて私を見やる。

「よかったね、ルピア。まだ生まれてもいない君の娘に、最高の嫁ぎ先が見つかったようだよ」

私はバドを、次いで兄を睨んだ。

魔女の特質を知らないわけでもあるまいに、好き勝手なことばかり口にして、と思いながら。

「そんな未来のことは分かりませんよ。それに、そんな約束に何の意味もないことは、どちらとも分かっているでしょう？　『身代わりの魔女』は自分の意思で相手を決めるのですから」

「あああ、失敗したな！　お前が出るパーティーにフェリクス王を出席させたことは、大いなる間違いだった。お前は徹底的に、母国の者としか出会わせないべきだったのだ。お前を国内に留め置くために!!」

兄は絶望的な声を上げた。

……まったく、本当に諦めの悪い兄だ。そして、妹思いの兄だ。

あくまで『魔女』としての私を引き留める口振りを保っているけれど、その瞳に光るものがあるので、私自身を思っての言葉なのだろう。

確かに、母国内であれば兄の目が届くので、私が平和で幸福でいることを確かめることができるだろうけれど。

私はそっと兄を見上げると、兄の腕に添えていた方の手にぎゅっと力を込めた。

「お兄様、大好きですよ。嫁いだとしても、私がお兄様の妹であることは変わりません。時々、遊びに行きますから」

「……お前を一度知ってしまった男が、片時でも手放すとは思えない」

拗ねたように顔をそむける兄を見て、大国の王太子ともあろう者が子どものようだと、呆れた思いを覚える。

私と同じ紫色の瞳をした兄は驚くほどに麗しく、その身分も相まってものすごく人気があるというのに、中身はただの家族思いの心配性なのだ。

長かった通路の先にフェリクス王が見えてくると、兄は添えていた私の手を名残惜しそうに優しく撫でた。

「どうやら本当にお前を手放さなければならないようだな。幸せになれ、ルピア。そうでなければお前を取り戻すため、私はこの国を滅ぼさなければならなくなる」

冗談なのか本気なのか分からない言葉が兄の口から零れたため、安心させるべく微笑む。

「ご存じでしょうが、『身代わりの魔女』は好きな相手にしか嫁ぎません。だから、私は既に幸せですよ」

「……そうか」

兄は安心したかのように、微笑み返してくれたけれど。

――後日、この時の会話を思い返した私は、何て単純な世界に生きていたのだろうと、自分で自分を嘲笑《あざわら》いたい気持ちになった。

好きな相手に嫁いだからといって、必ずしも幸せになれるとは限らないのに。

けれど、その時の私は心からそう信じていたため、私と向かい合ったフェリクス王をただ一心に見つめていた。

私の未来はここにあるのだと。

私は彼と幸せになれるのだと、心からそう信じて。

そんな私の手を取り、顔を覗き込んできたフェリクス王は、――それが、初めて花婿と花嫁が顔を合わせた瞬間だったため、私は緊張して彼の反応を見守っていたのだけれど――驚いたように目を見開いた。

それから、フェリクス王はすぐに表情を改めると、その美貌に相応しい美しい笑みを浮かべる。

「これはまた、……本当に肖像画通りの色だね。我が王国が誇るレストレア山脈の積雪のように輝く白い髪に、国花と同じ紫の瞳だなんて。……ようこそ、花嫁殿。君は私たちの王国を象徴するような色をしているのだね」

彼自身の言葉で好意的に私を表現してくれるフェリクス王に、気持ちが溢れる。

だから私は、満面の笑みでもって彼に応えた。

「ありがとうございます、フェリクス陛下。末永くよろしくお願いいたします」

――ああ、私はこの国で幸せになるわ。

その時の私は心からそう信じ、笑顔でフェリクス王を見つめていた……。

# 2・身代わりの魔女

大陸一の大国であるディアブロ王国の第五王女として、私は生を受けた。

雪のような白髪にディアブロ王家特有の紫色の瞳をした、「大陸一の美女」との誉《ほま》れの高い母そっくりの顔立ちをした王女。

兄一人、姉四人の六人きょうだいの末っ子として家族中から可愛がられたけれど、特に母は私に甘かった。

「あなたが生まれてくるまで10年かかったわ」

そう言いながら、いつだって私を手元に置きたがるのだ。

「母上、ダメですよ。ルピアはお勉強の時間なのですから、部屋に帰してあげてください」

私より1歳上の兄が注意をしても、母は愛しそうに私を抱きしめる。

「まあ、だったらお母様がお勉強を教えてあげるわよーだ」

「え、今日は地理の勉強ですよ。母上は地図が読めないじゃないですか！」

「まあ、息子というのは無条件に母を敬愛するものなのに、悪口を言われたわ。国王陛下ぁ！」

「どうした、王妃。……何だって、王子が……？　うん、だけど、実際にあなたは地図が読めないよね。悪口ではなく、ただの事実だよね」

「まあ、夫からもこの仕打ち！」

そんな風に言い合いながら、家族中で笑い合う日々。

誰もが私を大事にして、宝物のように扱った。

その理由が分かったのは、物心がついた頃だ。

『身代わりの魔女』

世界に一人しかいない、滅んでしまった魔女の末裔《まつえい》。それが私だった。

しかも、聖獣の卵を抱えて生まれてきた特別な魔女だったため、より大事にされるというものだ。

――ずっとずっと昔、母の一族は神様と契約を交わしたという。

『魔女が守護する者が怪我や病気になった時、魔女が代わってその身に引き受け、完全に治癒することができる』――そんな能力を神様から授けられることを。

そして、その能力は代々たった一人の娘に引き継がれてきた。

私には四人の姉がいたけれど、彼女たちの誰も『身代わりの魔女』の能力を引き継がなかったから、母は次こそはと祈るような気持ちで私を身ごもったのだという。

同じ『身代わりの魔女』であるからなのか、母は私がお腹にいる時から、私が能力を引き継いだことに気付いていたらしい。

だから、お腹にいる時からずっと、私は母の特別だった。

それは私が生まれてからも変わらず、母は私を側に置くと、魔女としてのあれこれを教えてくれた。

私とともに生まれた守護聖獣のバドも同様で、常に私の側にいて、様々な魔女の話を教えてくれた。

――そんな私が『運命のお相手』に出逢ったのは、7歳の時だ。

外遊にきていたスターリング王国の第一王子で、1歳年下のフェリクス様だ。

ともに過ごしたのはわずかな時間だったけれど、魔女が相手に定めることに、相手と過ごす時間の多寡《たか》は関係ない。

家族の全員が驚きであんぐりと口を開ける中、――そして、次の瞬間、「外国の男だとおお」と父が泣き崩れる中、私は「はい、お相手を見つけました」と満面の笑みで宣言した。

そんな私を見て、バドは私の肩の上でにやりと笑い、気を取り直した母は私をぎゅっと抱きしめた。

「おめでとう、ルピア！　たった7歳でお相手を見つけるなんて、すごいことだわ。さあ、お相手の方とつながっていきましょうね」――そんな言葉とともに。

母が言う『つながる』とは、文字通りの意味だった。

『身代わりの魔女』はどれだけ離れていようと、相手の言動を夢の形で共有できる。

そして、その共有の度合いは、相手を知れば知るほど深くなるのだ。

私はフェリクス様の夢を見始めた。

初めのうちは姿が見えず、声が聞こえるだけだった。

それも囁《ささや》くくらいの小ささで、ほとんど聞き取ることができなかったのだけれど、日を増すごとに彼の声はどんどん大きくなっていった。

声の次は姿だ。

初めはうっすらとした幻のようにしか見えなかったものが、少しずつ輪郭がはっきりし、まるで目の前にいるかのように彼の姿を見ることができるようになった。

フェリクス様の思考や感情は共有できなかったけれど、彼の夢を見続けるにつれて、その表情から抱いている感情が分かるようになる。

そうやって夢の中で彼の体験を共有し、好きなもの、嫌いなものを覚えていく。

――そして、私は少しずつ彼を知り、恋をしていくのだ。

けれど、ある日、私は気が付いた。

私がやっていることは、彼に対してとても失礼な行為ではないかと。

こっそりと彼の言動を覗き見しているのだから。

そのことを相談した母には、穏やかな微笑みとともに否定された。

「ルピア、魔女の能力は『身代わり』なのよ。お相手の怪我や病気は突然消えてなくなるのではなく、あなたに移るの。それはとても痛くて苦しいことだから、普通は身代わりになろうだなんて思えないわ。たとえ身代わりにならなければ、お相手がそのまま死んでしまうと分かっていてもね」

「そうなのですか？」

「そうよ。特に二度目以降が大変だわ。一度目の痛みを知っているから、身代わりになることに躊《ちゅう》躇《ちょ》するの。能力を持っていることと、能力を行使できることは違うのよ。だから、あなたはお相手を深く、深く知って、自分のことと同じくらい大事に思えるようにならないと、魔女としての力は行使できないわ。そしてね」

母はそこで言葉を切ると、いたずらっ子のように笑った。

「魔女が好きになるお相手は、必ず不幸を抱えているのよ。だから、必ず――――お相手はあなたがつながったことを感謝するわ」

母は魔女としての先輩だ。

だから、従うことが正しいのだろうと、私は彼とつながり続けた。

どのみち望まずとも夢として自然と見てしまうので、防ぎようもなかったのだけれど。

聖獣バドも、全面的に母の言葉に同意した。

「ルピア、『身代わりの魔女』は相手にとって『救い』だよ。君が彼を知れば知るほど、つながればつながるほど、相手は幸せになるものなのさ」

バドは聖獣として多くの知識を持っている。

バドがそう言うのならばそうなのだろうと、私はやっと納得して、フェリクス様の夢を罪悪感なしに見られるようになった。

けれど、父と兄は外国の王族などとんでもないと反対した——いつまでたっても反対し続けた。

心配してくれる二人の気持ちはありがたかったけれど、私の気持ちは変わらなかった。

というよりも、魔女が一度相手を決めたら、そのつながりは深くなるだけだ。

相手を決めた時点で全ては手遅れだし、同じく魔女である母をよく知っている父と兄なら、そのことは十分分かっているはずだ。

だのに、父はめそめそと泣き続けた。

「ルピア、お前は父の宝物だ。私はなぜ、国内の家臣ですらない、外国の赤の他人に宝物をくれてやらなければいけないのだ。いやだ、いやだ」

兄は一から十まで父の言葉に同意した。

「その通りですよ、父上！　『身代わりの魔女』は国の宝です！　決して国外に出すわけにはいきません。こんな貴重な宝物、一度外に出したら二度と戻ってきませんからね。ルピアは国内の大貴族に嫁がせて、その娘を私の継嗣《けいし》の妃にしましょう」

そんな二人を呆れたように見つめながら、母が口を開く。

「ルピア、放っておきなさい。そのうち諦めるから。でも、……こういうことなのよ。私が深く、深く陛下とつながったから、陛下は私なしではダメになっちゃったの。そして、同じように魔女であるあなたのことも、どうしても手放したくなくなるの。魔女の貴重さを理解しているから」

それから、母はめそめそと部屋の隅で泣き続ける父と兄を放置すると宰相を呼びつけ、私とフェリクス王子の婚約をスターリング王国へ打診するよう命じた。

念のためにしばらく様子を見たけれど、ルピアの気持ちは固いようね、と言いながら。

それは、私が8歳の時の話だった。

# 3・スターリング王国王妃　1

「まあ、15歳までは相手を決めないしきたり、ですって？」

宰相からの報告を聞いた母は、驚いたように眉を上げた。

私とフェリクス王子を婚約させようと、正式にスターリング王国に打診したところ、「スターリング王国王族は15歳の誕生日以降に婚約者を定めるしきたりがある」と返事がきたためだ。

かつてスターリング王国では酷い病が流行し、多くの王族が亡くなったという。

その際、亡くなった第一王子の婚約者である公爵令嬢を、生き残った第二王子の婚約者に宛てがおうとしたけれど、既に第二王子には伯爵令嬢の婚約者がいたため、実行できなかったらしい。

王家としては次期国王に繰り上がった第二王子に、少しでも後ろ盾の強い相手を迎え入れたかったけれど、瑕疵《かし》のない伯爵令嬢との婚約を解消するのは難しかったのだ。

そして、似たような事案が何度か繰り返された後、スターリング王国では、王族が成人となる15歳の誕生日に、未来の妃となる婚約者を選定する会議を開くことがしきたりになった。

「それで、15歳までは婚約者候補すら公式に選定しないというの？」

母は不満気な様子で、手に持っていた扇をぱしりと閉じた。

父と兄は母の様子が恐ろしかったのか、一言も答えずに下を向いている。

バドは私の膝の上で、不満そうに頰を膨らませた。

そんなバドを肩に乗せると、私は母のもとに足早に近付き、ぎゅっと抱き着いた。

「お母様、誰もが同じルールに従うのでしたら私もそうします！」

母は優しくて家族思いだけれど、時々家族への愛情が深過ぎて、無理を通そうとするところがある。

そのため、母の好きにさせておけば、私の望みを叶えようとして、スターリング王国のルールを捻《ね》じ曲げてでも、私をすぐにフェリクス王子の婚約者に据えかねないと思ったからだ。

そして、大陸一の強国である我が国には、実際に無理を押し通す力があるのだ。

母は何か言いたそうな表情で私を見たけれど、私の懇願するような表情を目にした途端、仕方ないわねとばかりに微笑んだ。

「……分かったわ、私の可愛い小さな魔女ちゃん。あなたは諍《いさか》いごとが嫌いだものね。我が王国の力をもってすれば、ちょちょいっと婚約者予約ができそうな気もするけれど止めておくわ。だって、可愛らしいあなたを見たら、どんなタイミングであっても、あなたが選ばれるに決まっているものね」

父と兄が小さな声で、「ルピアを選ばなかったら、スターリング王国はただじゃおかないと暗に言っているぞ」「もちろんルピアはやれないが、戦争が起こるのもちょっと」と、ぶつぶつつぶやいている。

母の言葉を聞いたバドは、満足そうに喉を鳴らした。

——それから8年。

母は約束通り、フェリクス王子が15歳になるまでは何もしなかった。

けれど、彼が15歳になったその日の朝、我が国からの遣いがスターリング王国王宮の門をくぐった。

そして、同日の午後には、スターリング王国からフェリクス王太子と私との婚約を申し込む正式な使者が、我が国へ向かって出立した。

——母は恐るべき政治的な手腕を発揮して、電光石火の早業で私を婚約者に仕立て上げたのだ。

お母様すごい、やり手過ぎて怖い。

そう思いながらも、私は嬉しくてたまらなかった。

ああ、私はフェリクス様の婚約者になれたのだわ！

『身代わりの魔女』が正しくお相手に嫁げるわ！　と、心の中で歓声を上げる。

そして、両手でバドを抱き上げると、ダンスを踊るかのようにくるくるとその場で回り始めた。

「ルピア、君が興奮していることは分かったから、そろそろ手を放してもらえないかな。僕はただの尊貴なる聖獣でしかないから、目が回るんだ」

バドが顔をしかめて苦情を言ってくる。

私は満面の笑みで、彼に答えた。

「まあ、尊貴なる聖獣様なら、少しくらい目が回っても平気でしょう。ああ、バド！　今この瞬間、世界中で私ほど幸せな者はいないわ。世界に向けて歌い出したい気分よ」

私の表情を見たバドは、呆れたように、でも、祝福するように微笑んだ。

「それは大変だ。君の音感は独特で、世界に向けて歌い出したら大変なことになるから、僕が犠牲になろう。……おめでとう、ルピア」

「ありがとう！」

そうして、バドと笑いながら何曲も何曲も踊った後、疲れ果てた私はバドとともに寝台に倒れ込んだ。


体はくたくたなのに、幸せで笑いが込み上げてくる。

その日、私は一日中笑っていた。

間違いなく、世界で一番幸せだった。

それから1年後、私は無事にスターリング王国へ輿入れした。

婚約した時には王太子だったフェリクス様は、婚姻とともに王位を継ぐことになったため、私は王妃として嫁ぐことになった。

「絶対に結婚式に参列する！」と言い張った父と母を必死に諫《いさ》め、――なぜならディアブロ王国という大国の国王夫妻が、いくら娘のためとはいえ、他国の式に参列することは常識的にあり得なかったため――「では、代わりに！」と言い張った兄とともにフェリクス王に対面する。

それは、結婚式の花嫁引き渡しの場面で、10年振りに目にしたフェリクス王は、夢で逢う姿と寸分違わず同じだった。

見上げる程のすらりとした長身に、均整の取れた体つき。

襟まで流れる艶やかな藍色の髪には、青色と紫色のメッシュが一筋ずつ交じっている。

そして、その下から宝石のように輝く藍青色の双眸が、得も言われぬほど整った貌の中心で穏やかに私を見つめていた。

私より一つ年下のわずか16歳であるのに、彼には既に王としての落ち着きがあった。

フェリクス王は私の兄に礼儀正しく目礼すると、流れるような仕草で私に手を差し伸べた。

その洗練された動作に、式に参列している女性陣からため息が漏れる。

そんな中、彼は自分の言葉で好意的に私を表現してくれた。

――私の白い髪と紫の瞳が、彼の国を表すようだと。

その言葉を聞いて、隣にいた兄が諦めたように微笑んだ――恐らく、兄はフェリクス王を気に入り、受け入れてくれたのだろう。

列席している諸外国の要人やスターリング王国の貴族たちも、祝福の笑みを浮かべる。

――こうして、私は全ての人に祝福されながら、スターリング王国の王妃となったのだった。

✿ ✿ ✿

結婚式に引き続いて行われた大掛かりな披露宴に参加し、疲労困憊になった私に気付いたのか、フェリクス王は早めに私を退席させてくれた。

侍女たちに体を清められ、ゆったりとした夜着に着替えてソファでぐったりしていると、規則的なノックの音が響く。

「失礼するよ、お妃様」

はっとして扉を見つめると、夫となったばかりのフェリクス王が少し目を細めながら寝室に入ってきた。

私は座っていたソファから慌てて立ち上がる。

彼は先ほどまでの煌びやかな服装とは異なり、シンプルなシャツに着替えていた。

入浴したばかりなのか、神秘的な3色の髪がうっすらと湿っていて、普段よりも艶っぽく見える。

そんな彼が目を細めながらゆったりと歩み寄ってくる姿は、傍から見たら余裕のある態度に見えるのだろうけれど、……10年もの間、彼を夢で見続けてきた私には、彼が緊張していることが見て取れた。

そもそも彼は人見知りをするタイプで、目を細めるのは緊張している時のくせなのだ。

だから、緊張しているのは彼だけではないのだと理解してもらうため、私は両手を前に突き出した。

それから、縋《すが》るようにフェリクス王を見つめる。

「陛下、震えが止まりません。私、すごく緊張しています」

ぶるぶると震えている私の両手を見たフェリクス王は目を丸くした後、ふっとおかしそうに微笑んだ。

「そうか。君は私よりも年上だし、大国の生まれだから、色々と私よりも慣れていて、落ち着いているのかと思ったが、そうではないのかもしれないね」

彼の微笑みは自然なものになっており、自分よりも緊張している相手を目にしたことで、緊張が解《ほぐ》れたようだった。

フェリクス王はテーブルに置いてあったグラスを二つ取ると、綺麗な色のお酒を注ぎ、一つを私に手渡してくれる。

それから、私とともにソファに座ると、自分が持ったグラスと合わせた。

「この国の王妃となった君に。初めて顔を合わせたのが大聖堂だったから、私たちはほとんどお互いを知らないよね。これから少しずつ知っていければと思う」

フェリクス王の言葉に、私はやましさから視線を逸らす。

……いいえ、フェリクス王。私はほとんど全てあなたのことを知っていますわ。

好きな食べ物、嫌いな食べ物、好きな人、苦手な人、趣味、余暇の過ごし方……ええ、ものすごく知っています。

けれど、それを話すと、覗き見をしていたことまで告白しないといけなくなるため口を噤《つぐ》む。

「私は王になったばかりだから、しばらくは忙しく、君に寂しい思いをさせるかもしれない。だから、朝食は必ず一緒に取ろう。昼食と夕食は時間を合わせられそうもないので、一人で取ってもらう形になるのだが」

フェリクス王はゆったりと私の隣に座り、これからの話をしてくれた。

――ああ、やっぱり優しい人だ。

外国の王女との結婚を政略だと割り切って、必要最低限の礼儀を示す方法もあるのに、誠実にできるだけ歩み寄ろうとしてくれる。

「君は母国から侍女を一人も連れてこなかったそうだね。この国の慣習には君の国と異なるものがあるから、戸惑うこともあるだろう。だから、君専用の侍女として、私の乳母の娘を用意した。非常に優秀だから、王妃付き侍女として問題ないはずだが、合わないようならば言いなさい。別の者に変えよう」

優しい、優しい、優しい王だ。

彼の言葉の全てが思いやりに満ちている。

私はフェリクス王の話を、宝物をもらうような気持ちで聞いていた。

そして、話が一通り終了した後、「私からも一つよろしいですか」と切り出した。

今夜必ず話さなければならない事柄だと思っていたし、彼の優しい雰囲気から話を切り出す勇気を持てたからだ。

フェリクス王は興味深そうに微笑んだ。

「一つだけなのかい？　それはまた、重要そうな話だね」

私は緊張のためにぎゅっと両手を握りしめると、まっすぐ彼を見つめた。

なぜならこれから私が口にすることは、彼には突拍子もない話に聞こえることを理解していたからだ。

彼は背が高く、私は背が低いため、立つと身長差に圧迫感を覚えるけれど、座っていると身長差が縮まり、普段よりも落ち着いて話ができるように思われる。

そのため、勇気を持って口を開いた。

「私には一つだけ秘密があります。そのことを陛下にお話しします」

「それは本当に、重要そうな話だね」

彼はしっかりと話を聞こうとでもいうかのように、持っていたグラスをテーブルに置いた。

私はすうっと大きく息を吸うと、覚悟を決めて秘密を口にする。

「私は……失われた魔女の末裔なのです」

「……魔女？」

フェリクス王はきょとんとした様子で、目を瞬かせた。

「はい、私は大きな魔法が一つ使えます。夫となった相手の身代わりになれるという魔法が」

「私の身代わり？」

「はい、陛下が怪我や病気をした時、それを私の身に引き受け、治癒することができます。私が身代わりになった時点で、陛下の体は健康体に戻りますし、たとえ陛下の怪我や病気が命にかかわるようなものであっても、引き受けた私が死ぬことはありません。時間はかかりますが、私の体はそれを完全に治癒できるのです」

フェリクス王はしばらくの間、黙って私の表情を観察していた。

何事かを確認されていると感じたため、信じてもらおうと目を逸らさずに見返していると、彼はふっと体から力を抜いて小さく微笑んだ。

「……そうか。君は魔女の末裔なのか。だとしたら、私はたとえようもないほど得難い妃を娶《めと》ったのだね」

「信じて、……もらえるのですか？」

はっきりと頷く彼を前に、私はびっくりして目を見張る。

そんな私に対して、彼は甘やかすような微笑みを浮かべた。

「他ならぬ私の妃の言うことだ、信じよう」

「フェリクス陛下!!」

私は思わず立ち上がると、大きな声で名前を呼び、彼の手を両手でぎゅっと握りしめた。

嬉しさで胸がいっぱいになる。

ああ、嬉しい、嬉しい！

一番大切な人に、一番大事な秘密を信じてもらえたわ！

私は満面の笑みで彼を見つめたけれど、話には続きがあったことを思い出し、慌ててソファに座り直す。

「それで、陛下、……秘密を話した後のお願いで申し訳ないのですが、私が『身代わりの魔女』であることは、他の者には黙っていてほしいのです」

「それはまた、どうして？」

不思議そうに首を傾げるフェリクス王に、私は懇願するような目を向ける。

「『身代わりの魔女』は滅多にない、貴重な能力なので、知られると邪《よこしま》な思いを抱く者が現れるかもしれません。そのため、秘密を知る者は少ない方がいいのです。このことを知るのは、私の母国でも、家族と従兄と限られた騎士、侍女たちのみでした」

「……なるほど。理にかなった話ではあるな」

「もちろん、文字通り陛下と私だけの秘密にすることは難しいでしょうから、陛下が信用される方にはお話しいただいてかまいません。私も私の侍女には話そうと思います」

「分かった。それでは、このことは私と君と側近たちのみの秘密だ」

そう言うと、フェリクス王は私の前に片手を差し出してきた。

そして、私の目を見つめたまま、一段低い声で囁く。

「君の秘密を聞かせてもらったことだし、これからは私たちの新たな秘密を作る時間だね」

――――と、そう。

その艶やかな声を聞いた途端、背中にぞくりとした奇妙な震えが走った。

突然変わった雰囲気に戸惑い、何も言うことができずに、ただ黙って差し出された彼の手に自分の手を重ねる。

すると、彼はその手を自分の唇に持っていき、私を見つめたまま手の甲に口付けた。

「……君は美しいと、私は言ったかな？　我が王国が誇るレストレア山脈の積雪のように輝く白い髪に、国花と同じ紫の瞳とは、私たちが最も美しいと思う色を持っている。スターリング王国へようこそ、私の王妃」

そう言った彼の瞳に熱が籠る。

私は一瞬にして真っ赤になると、困ったようにフェリクス王を見上げた。

そんな私を見てフェリクス王は微笑むと、まるで甘えるかのように私の手に彼の頬をすり寄せた。

「そんな顔をしないでくれ。私はただ、君と仲良くなりたいだけなのだから」

フェリクス王はそう囁くと、とても丁寧な手つきで私を抱き上げ、寝台まで運んでくれた。

——その夜、私は名実ともにスターリング王国の王妃となった。

✿ ✿ ✿

「おはようございます、王妃陛下。カーテンをお開けしてもよろしいでしょうか」

目が覚めた絶妙のタイミングで扉がノックされたかと思うと、侍女が入室してきて声を掛けられた。

視線を巡らすと、黄色いメッシュが入った緑色の髪を持つ、侍女服姿の美しい女性が寝台の近くに立っていた。

洗練された立ち姿から、貴族の娘に違いないと考える。

恐らくフェリクス王が選んでくれたという、彼の乳母の娘なのだろう。

王族の乳母になれるのは貴族のご夫人のみのため、その娘も貴族のはずだ。

「昨夜、陛下は乳母の娘を私に付けるとご説明くださったの。大変優秀な侍女だから、私専用にしていただけると。それはあなたかしら？」

「はい、王妃陛下の専属侍女となりました、クラッセン侯爵家当主の妹のミレナと申します。誠心誠意、王妃陛下にお仕えいたします」

ミレナはそう言うと、とても綺麗な侍女の礼を執った。

「まあ、それは助かるわ。この国のことを学んできたつもりだけれど、私が知らないことはまだまだ沢山あるはずだから、教えてもらえると嬉しいわ」

笑みを浮かべて素直にそう言うと、ミレナは戸惑ったように瞬きをした――もちろん、フェリクス王が優秀だと評するほどの侍女なので、表情に出すことはなかったけれど。

「ミレナ？」

問いかけるように名前を呼ぶと、もう一度瞬きをされる。

何が彼女を戸惑わせているのかしらと首を傾げると、彼女は恐る恐るといった様子で口を開いた。

「申し訳ございません。王妃陛下は大陸一の大国から嫁いでこられたので、私ごときにそのようなお優しいお言葉をいただけるとは思っていませんでした。ましてや、私の名前を呼んでいただけるとは思いませんでした」

私はまあ、と驚いて目を丸くした。

「ミレナ、私がどこで生まれたにしろ、今はあなたと同じスターリング王国の者だわ。だから、これからは同じ国の同胞として扱ってもらうと嬉しいわ」

フェリクス王の折り紙付きの優秀な侍女は、誰が見ても分かるくらいに目を丸くした。

「…………王妃陛下、私は一介の侍女です。そのような過ぎたるお言葉は、勿体のうございます」

「あなたは私の専属侍女なのでしょう？　だったら、一介の侍女ではなくて、大切な特別の侍女だわ」

にこりと笑ってそう言うと、ミレナは畏れ多いとばかりに頭を下げた。

「国王陛下は何時に朝食をお取りになるのかしら？」

フェリクス王から朝食を一緒にしようと言われた言葉を思い出し、朝食用の服に着替えながら、私はミレナに確認した。

――昨夜、フェリクス王は私を大切に扱ってくれた後、「処理すべき仕事が残っていてね」との言葉とともに自分の部屋へ戻って行った。

もちろん私にだって、その言葉が体《てい》のいい退室の言い訳であることは分かっていた。

閨《ねや》の授業の際、付帯事項として教わったのだ。

王族の多くは、夫婦であっても同じ寝台で眠ることはないと。

そのことを寂しく感じはしたけれど、フェリクス王の定められた生活を邪魔するわけにはいかないと強く思う。

なぜなら私が嫁いできたのは彼を幸せにするためで、何かを我慢させたり、不本意な行為を無理強いしたりするためではないのだから。

そして、少しだけ寂しくはあるけれど、彼が与えてくれるもので、私は十分幸せだったのだから。

フェリクス王は退室時、私を甘やかすような言葉をくれた。

「ルピア、君は私の妃になったのだから、私のことはフェリクスと呼びなさい。その丁寧な言葉遣いも止めるように。そして、君が私の妃になったのだと、私に実感させてくれ」

これまでずっと、彼には夢でしか逢えなかった。

夢の中に彼が現れるだけで、幸せだった。

それなのに、今の私は実際に彼を見つめ、見つめられ、言葉を交わし、時間を共有できているのだ。

「……私は幸せ者だわ」

ミレナに髪をすかれながらつぶやくと、同意するように微笑まれた。


その日の朝食には、私の出身国であるディアブロ王国の伝統的なメニューが並べられた。

見慣れた料理を目にし、驚いてフェリクス王を見やると、悪戯が成功した子どものような表情で微笑まれる。

「驚いた？　私たちの初めての朝食は、君を育んでくれたディアブロ王国に感謝して、君の国のものにしてみたのだよ」

簡単に言うけれど、材料も調理法もこの国とは異なるものばかりだ。

思い付きで作れるようなものではなく、入念な準備が必要だったに違いない。

私は嬉しさで頬が赤くなるのを感じたけれど、俯《うつむ》くことなく真っすぐフェリクス王を見つめてお礼を言う。

「フェリクス様、ありがとうございました」

彼は労力を惜しまず、私のために母国の料理を用意してくれたのだ。

だとしたら、正しく謝意を示すことが、私の誠意だと思ったからだ。

ついでに、君主号ではなく、彼の名前を呼んでみる。

すると、そのことに気付いたフェリクス王から褒めるように頷かれた。

「どういたしまして。あなたの好意は分かりやすくていいね。まっすぐにお礼を言われるのは気持ちがいいものだ」

その言葉とともに、食事が始まった。

「昨夜はよく眠れたかな？」

黙々と食事をするのではなく、フェリクス王は何くれと私に話しかけてくれる。

「はい、とても快適な寝台と寝具でしたので、朝までぐっすりと眠りました……眠ったわ」

丁寧な言葉遣いになる度に、フェリクス王から無言で見つめられ、訂正を促される。

けれど、彼の眼差しがあまりにも優しいため、見つめられる度に頬が赤くなった。

「それはよかった。君は元々体が強くないと聞いている。今回だって、婚儀の数日前には我が国に到着していたのに、体調を崩していたため、婚儀当日まで私と対面できなかっただろう？　母国から遠路はるばる旅をしてきたうえ、昨夜は……新たなる体験をしたのだから、君が思っている以上に疲労しているはずだ。私を心配性だと考えていいから、今日は部屋で一日ゆっくりと過ごしてくれ。できるならば、午睡《ごすい》を取ってほしいくらいだ」

仄《ほの》めかされた内容に頬が赤くなった私は、照れ隠しに小さな声でつぶやく。

「まあ、初日からそんな怠け者の王妃はいかがなものかしら」

「もしも君が一日だけの王妃なら、頑張ってもらうけどね。君はこれからずっと私の妃なのだから、無理をさせてはいけないだろう？」

フェリクス王はまたもや甘やかすような言葉を口にすると、控えていた給仕に合図をして、彼のデザートを私の前に並べ直させた。

「果実入りのゼリーは君の好物だと聞いている。頑張り屋の君に私の分もどうぞ。そして、甘いものが好きな私がデザートを差し出すなんて、よっぽど君を尊重しているのだと理解して、今日一日はゆっくりしてくれ……私のために」

フェリクス王の声が優しい響きを帯びる。

……本当に、何と優しい夫だろう。

私は世界一の幸せ者だわと、彼の穏やかな微笑みを見ながら、私は改めてそう思ったのだった。

## 【SIDE国王フェリクス】王妃ルピア　1

いかにも愛されて育った、大国の姫君だな。

――ルピアを初めて見た時の第一印象はそれだった。

初めての顔合わせの場で――加えて、大勢が居並ぶ大聖堂という特別な空間であるにもかかわらず、緊張も恥じらいもなく、満面の笑みで私を見つめてくる姿を見て、拒絶されることを知らない、愛だけを与えられてきた姫君だと理解する。

いずれにしても大陸一の大国の王女で、私の妃となる者だ。

少しくらい甘やかされていようと、我儘《わがまま》だろうと、大事にしなければならないし、大事にしたいと思う。

――その気持ちから、私は手を伸ばしてルピアの手に触れると、彼女を称賛する言葉を口にした。

大国の王女として、彼女を称える言葉など聞き飽きているだろうに、ルピアは嬉しそうに微笑んでくれた。

その表情を見て、ああ、この王女はきちんと称賛の言葉を受け取ることができるとともに、相手の立場を立てることができるのだと感心する。

そして、このような王女が相手であれば、この結婚は上手くいくに違いないと確信した。


――そもそも私の妃は、私の15歳の誕生日から1か月掛けて、じっくりと選定される予定だった。

そのルールをディアブロ王国が圧倒的な国力差でもって覆し、わずか数時間でルピアに決定させたという経緯があった。

明らかに強引で我が国を軽んじたやり方ではあったが、抵抗できないほどの国力差があったため、選定メンバーたちは不満を覚えながらも、ルピアを受け入れざるを得なかった。

しかしながら、ルピアの名前は当日まで候補者として挙がっておらず、情報が不足していたため、選定会議終了後、直ちに調査を行わせたところ、『問題あり』との結果が報告されたことは、選定メンバー全員の頭を悩ませた。

最大の問題は、年齢が私より1歳上であることだった。

妃選定会議に割り込んできた時点で16歳、実際に婚儀を行う1年後には17歳というルピアの年齢は、14歳で嫁ぐ王族の女性からしたら明らかな行き遅れだった。

ディアブロ王国内にはルピアの嫁ぎ先として適当な家格の貴族が複数存在したことから、彼らと婚約を結ばなかったルピア側に、何らかの原因があるのではと問題視されたのだ。

では、その原因とは何かと考えた時、彼女の病弱さだろう、というのが大多数の意見だった。

ルピアは幼い頃から体が弱く、すぐに体調を崩しては寝込んでいたため、嫁ぎ先の継嗣を産めるのかと危ぶまれて敬遠されたのではないかと考えられたのだ。

非常に大きな問題ではあるものの、我がスターリング王家に関していえば、何の問題もなかった。

なぜなら王家存続の根幹にかかわる問題のため、既に解決策を講じてあったからだ。

つまり、スターリング王国の王族においては、正妃以外にも複数の側妃を持つことが認められており、どの妃の子であろうとも等しく王位継承権が与えられることになっていたのだ。

ただし、ディアブロ王国にとって、この結婚の最大の目的は、ディアブロ王家の血脈を次代のスターリング王国の王に継承させることだと思われたため、側妃についてルピア側が了承しないのではないかと心配された。

しかしながら、蓋を開けてみると、さしたる交渉をすることなく、ディアブロ王国はその条件を受け入れた。

婚姻から2年が経過してもルピアが懐妊しなければ、私に側妃を認める旨を、結婚契約書の条項に盛り込むことに同意したのだ。

訝しむ私に対して、ルピアの専属侍女の兄であり、我が国の宰相でもあるギルベルトが意見を述べた。

「結局のところ、我が子可愛さに現実が見えていないのでしょう。『結婚前に好きなだけ世迷いごとを言うがいい。どのみち、結婚して一旦王女を知ってしまえば、夢中になって何もかもを受け入れるに決まっているのだから！』という主旨のことを、ディアブロ王国国王が口にされたとのことです」

私よりも10歳年上でありながら未だ独身であるギルベルトは、結婚に夢も希望も抱いていないようで、その口調には揶揄する響きが交じっていた。

「なるほど。私がルピアを深く知れば、たとえ世継ぎを産めなくとも、彼女しか欲しくないと言い出すと思われたのか。むしろそんな自分を見てみたいものだが」

一国の王が、跡継ぎ問題をそのように簡単に考えられるはずもない。

皮肉を口にしたくなるギルベルトの気持ちは理解できるし、ディアブロ王国国王は平和だなと考えながら、私はほっと息を吐いた。

――恋になど、一度も落ちたことがない。

落ちるはずもない。

なぜなら自分の理性や冷静さをかなぐり捨てて夢中になり、その者だけを特別に扱い出すなど、相手がよほどの美徳を兼ね備えていなければ発生しない事象だからだ。

そして、それほど優れた相手などいるはずもないのだから、結局は自分が相手にどれだけ幻想を抱けるかにかかっていて、私は夢想家ではなかった。

だからこそ現実を見つめて、言葉を続けた。

「側妃の条項はそのまま保険として入れておけ。だが、それは最後の手段だ。私はルピアに世継ぎを産んでもらいたいと考えているし、大国ディアブロ王国出身の正妃を差し置いて側妃が産んだ子どもなど、火種にしかならないからな」

私はルピアとの間に、できる限りきちんとした夫婦関係を作りたいと考えていた。

そのためには一夫一妻制が基本であろうし、彼女との間に何者をも割り込ませたくなかった。

そもそも側妃が必要になるのは、継嗣の問題を考えた場合のみで、ルピアが私の子を産んでくれるのならば側妃は必要ない。

政略結婚であり、大国ディアブロ王国のやり口に腹立たしい部分はあるものの、私はルピアのことを好ましく思っており、彼女にはできる限り平和で穏やかに過ごしてほしいと考えていたのだ。

✿　✿　✿

私の妃としてルピアを強引に押し込んだように、大国には大国のやり方がある。

他の国から見たら眉をひそめるような独善的な行為も、ディアブロ王国からしたら問題のない当たり前の行為なのだろう。

異なる立場による立ち回りの差異はどうしても生じるため、もしもルピアが高慢で我儘であったとしても、大国の王女という出自である以上は仕方がないことだと、彼女に会う前の私は考えていた。

しかし、実際のルピアは高慢でも我儘でもなく、綺麗に育てられた深窓の姫君という印象だった。きちんとした教養と知識があり、彼女がこれまでの人生で多くの努力をしてきたことが見て取れる。

さらに、我が国の文化にも明るく、スターリング王国の言葉をまるで母国語のように流暢に話すことができた。

これらのことから、間違いなくルピアは我が国の王妃となるために努力をしてくれたことが分かり嬉しくなる。

そのため、彼女が私の妃であることに心から感謝したのだが、一つだけ、彼女に困惑させられていることがあった。

それは、彼女がまるで私に恋をしているかのように振る舞うことだ。

1年間の婚約期間中、ルピアからは礼儀正しい手紙が定期的に届くだけで、私に執着している様子は見られなかった。

ルピアとの過去の交流を調べさせもしたが、公式な場で何度か顔を合わせたことがあるくらいで、こちらも特段執着される理由はなかった。

つまり、ルピアには私に恋着する原因も、そのように振る舞う理由も見当たらなかったのだが、結婚式の日以降、彼女はまるで私に恋をしているように振る舞い続けるため、その理由が理解できなかったのだ。

角度を変えた意見がほしくて、私は政務の合間に宰相であるギルベルトに助言を求めた。

「ギルベルト、ルピアは結婚式の日以降、まるで私に恋をしているかのように振る舞うのだが、なぜなのだろう？　出会ってすぐに好意を抱くはずもないから、そう見せかけようとしているのだろうが、理由が分からない。それとも、実際にいくらかの好意を私に抱いてくれているのだろうか？」

ギルベルトはわざとらしいため息をついた。

「陛下ともあろうお方が、わずか数日で誑《たぶら》かされてしまったのですか？　女性がいかに狡猾《こうかつ》かということを、忘れてしまったわけではないでしょうに。王妃陛下の行為は好意でなく、打算に基づいていることは明白ですよ！」

悪しざまにルピアを非難するギルベルトの態度を見て、そうだった、彼は普段は公平な男だが、ルピアにだけは厳しかったことを思い出す。

なぜならギルベルトは、ルピアに付けた専属侍女の兄だからだ。

つまり、私の乳母の息子で、幼い頃は一緒に過ごすことも多かったためか、私への思い入れが尋常ではなく強かった。

そして、そんなギルベルトは長年かけて、私の妃候補を勝手に選定していた——国内のとある子爵令嬢を。

だが、大国の王女であるルピアと比べられるはずもない。

ルピア・ディアブロの名前が出た時点で、全てのご令嬢は退場となったのだが、そのことをギルベルトは納得していなかった。

彼は私のために最高のご令嬢を準備したつもりでいたので、ご令嬢を披露する機会も与えられないまま退場させられたことに、激しい憤りを感じていたのだ。

その行き場のない怒りが、絶大な国力を背景に私の妃となったルピアへ向けられてしまっていた。

……ギルベルトの気持ちは分からなくはないが、ディアブロ王国の強大さを思えば、仕方がないことだと諦めるしかないだろう。

そう心の中で考える私の声が聞こえたわけでもないだろうに、ギルベルトは腹立たし気な声を上げた。

「そもそもの始まりが悪かったのです！　陛下も覚えていらっしゃるでしょうが、1年前に行われた陛下のお妃様を選定する会議、あれは本当に酷いものでした！　それぞれの貴族家から推薦されたご令嬢方の中から1か月かけて未来の王国王妃を選定する予定だったというのに、初日にルピア王女の名前が出た途端に終了してしまったのですから！　前代未聞ですよ!!」

「ああ、もちろん覚えている。普段は取り澄ましている公爵家の老翁や大臣たちが、これ以上ないほど口を開けてディアブロ王国の特使を見つめていた姿は、忘れようとしても忘れられるものではないからな」

私の言葉を聞いたギルベルトは、きっと眉を吊り上げた。

「面白がっている場合ではありませんよ！　王国の大貴族たちが何年も掛け、この方こそはというご令嬢を準備していたのに、あの傍若無人なるディアブロ王国が国力を振りかざして、全て蹴散らしていったのですから。ああ、候補者の全員がいずれ劣らぬ素晴らしいご令嬢で、間違いなく陛下の隣で完璧なる王妃の役を果たすことができる逸材だったというのに！」

1年が経過したというのに、まるで昨日のことのように悔しがる宰相を見て、私はとりなすように片手を上げた。

「そう悲観することもないだろう。ルピアも十分及第点じゃないか。外見は整っているし、大国の王女だからと用心したような傲慢さも自己顕示欲も持ち合わせていない」

私の言葉を聞いたギルベルトは、ふんと鼻を鳴らした。

「なるほど、長年お仕えした私の言葉を否定し、わずか数日しか暮らされていない王妃陛下の肩を持つとは、どうやら陛下とルピア陛下は相思相愛のようですね！　何とも素晴らしいことではないですか!!」

それから、ギルベルトは皮肉に満ちた表情で口を開いた。

「恐れながら陛下は、滅多にないほど整った貌をされていますからね。事前にお渡ししていた絵姿ではこの麗しさが伝わっておらず、一目見た瞬間にルピア陛下の心臓がどーんと弾けたのではないですか？」

両手を広げて力説するふざけた様子の宰相を、私は呆れて見やった。

「たとえ私の貌が少しくらい整っていたとしても、ルピアにとって大きな意味はあるまい。大国の王女である彼女なら、美形など腐るほど目にしているだろうからな。ルピア自身も美しいし、ルピアの兄であるルドガー王太子も滅多にないほどの美形だった。あれらの麗しい集団の中から、私が一歩抜きん出ているとはとても思えない」

「陛下の素晴らしいところは、至尊の冠を被りながらも驕ることなく、ご自分を公平な目で見ることができる点ですよね」

褒めているのか馬鹿にしているのか不明な発言に対し、肩をすくめることで返事に代える。

ギルベルトは話を続けた。

「恐れながら、ルピア陛下は『王妃』になりたかったのだと思いますよ。大国の王女と言ってもルピア陛下は第五王女で、ディアブロ王国の王族の中では、さして重要な地位にいなかったはずです。そのことに鬱屈した思いを抱かれていて、王妃というナンバーワンの地位に憧れていたのではないでしょうか」

「それは、……私も似たようなことを考えていたな」

ルピアには四人の姉と一人の兄がいる。

末子として可愛がられはしたものの、王族内での立場は強くなかったのではないだろうか。

ギルベルトは馬鹿にしたような口調で続ける。

「そもそもルピア陛下と一目ぼれという可愛らしい行為は結びつかないでしょう。大国で権力の恩恵に浸り、その魅力を十二分に知っている者が、純真なままでいられるはずもありません。権力と地位を望んで陛下に嫁がれたのですよ」

「ルピアは大国の王女だからな。かしずかれることに慣れ、その生活を手放したくないと考えるのは仕方のないことだ」

本当にギルベルトはルピアを嫌っているなと思った私は、彼を落ち着かせるための言葉を続けた。

――何と言っても、彼女はまだ17歳だ。贅沢で華やかな生活を好むものだろう。

それに、大国で蝶よ花よと育てられた姫君が、それ以外の生き方をできるはずもない。

「ルピアが権力と地位を望むことは問題ないのだが、……やはり、私に好意を寄せている演技は必要ないよな？　私たちは互いに、この婚姻が政略であることを知っている。だからこそ、誠実さと思いやりでもって、よりよい関係を築いていくべきだと思うのだ。事実に反した感情を抱いている振りをされると、何が真実か分からなくなってくる」

ぽつりとつぶやくと、ギルベルトから肩を竦められた。

「私もその通りだと思いますが、もしかしたらルピア陛下は恋心を利用することでフェリクス陛下を掌中に収め、より多くのものを引き出そうとしているのかもしれませんね。いずれにせよ、王妃陛下の考えは一侯爵でしかない私ごときには分かりかねます。結婚生活は始まったばかりで、時間はたっぷりありますから、しっかりルピア陛下を観察して答えを探ってください。そして、結論が出たら、どうぞこの私めにも教えてください」

そう言うとギルベルトは、話は終わったとばかりに目の前の書類に手を伸ばした。

その全てを理解したと言わんばかりの態度を目にしたことで、ふといたずら心が湧いてくる。

そのため、私はできるだけ真面目な表情を作ると、昨夜のルピアの言葉を思い出しながら口を開いた。

「ところで、そのルピアだが、……もしかしたら私は、非常に得難い妃を娶ったのかもしれないぞ」

「どういうことです？」

訝し気に尋ねてくる宰相に対し、私はわざとらしく声を落とす。

「ここだけの話、ルピアは魔女の末裔らしい」

「…………………は？」

正気を失ったのか、とでもいうような表情でギルベルトは凝視してきたが、私は真顔のまま言葉を続ける。

「そのため、私が瀕死の重傷を負ったり、不治の病にかかったりした場合、ルピアがそれを自分の体に移して治癒することができるらしい」

「それは……」

ギルベルトは苦虫を噛み潰したような表情で一瞬黙り込んだが、すぐに大きな声で反論した。

「それは完全なる妄想じゃないですか！　自分は特別なのだと思いたがる子どもの典型的な発想ですよ。え、王妃陛下は17歳にもなって、まだそんなことを言っているのですか!?」

私はギルベルトに肩を竦めてみせる。

「そういう一面があるところを見ると、妃は思ったより幼いのかもしれないな。だが、お前が言うように、大国の姫君とはいえ第五王女だったのだ。姉四人に対して、色々と鬱屈した思いがあったのかもしれない。だからこそ、自分は特別なのだと思いたいのだろう」

ギルベルトは疲れた表情で肩を落とした。

「……自分一人で妄想する分には結構ですが、それをフェリクス陛下にまで話されるとなると重症です」

「先ほども言ったが、これは『ここだけの話』だ。妃からあまり多くの者に話すなと止められている」

「王妃陛下が少しは冷静さをお持ちのようで安心しました」

その言葉とともに、私とギルベルトは定められた席に着くと、執務を開始した。

『昔、昔の大昔、神々と契約を結び、奇跡の御業を行使できる「魔女」と呼ばれる存在がいた』

――と、古い伝承にはある。

しかし、それらは全てただの言い伝えに過ぎない。

誰一人そのような力を確認した者もいなければ、そのような存在に出会った者もいないのだから。

そのため、私はルピアから聞いた彼女自身が「魔女」であるという話を、乙女の可愛らしい夢物語だと片付けた。

# 4・スターリング王国王妃　2

「ルピア、結婚生活はどう？」

私の親友であり、聖獣でもあるバドは、3日ぶりに姿を見せたと思ったら、開口一番にそう尋ねてきた。

「え？　ど、ど、どうって、何がかしら？」

突然の質問に対し、私は動揺のあまり真っ赤になると、あわあわと両手を動かす。

すると、そんな私を見て、バドが呆れたような声を出した。

「え、結婚して3日も経つのに、まだそんな状態なの？　ルピアが奥手なのは知っていたけど、何とも可愛らしいものだね」

馬鹿にしているわけではなく、素直に感想を述べてくるバドに、私はぷうっと頬を膨らませる。

「聖獣バド様、あなた様が相手にしているのは今や人妻ですよ。これでも日々成長しているんですから」

「へえ、そうなんだ」

バドは面白そうな表情をしたけれど、珍しくそれ以上コメントしてこなかった。

恐らく新婚の私に、優しさを見せたつもりでいるのだろう。

もちろん容赦してもらうのはありがたいのだけど……、と考えながら肩に乗ったバドを撫でる。

――バドはいつだってリスの姿で私にくっついているけれど、実際は聖獣で、異なる空間に自分の城を持ち、存在に相応しい役割を担っている。

そのため、時々、私の側を離れることがあるけれど、今回ばかりは役割というよりも、新婚の私を気遣って、数日間離れていてくれたように思われた。

そんな私の聖獣に対し、私は感謝の笑みを浮かべると、その小さな手を握る。

「バド、気を遣ってくれてありがとう。あなたは優しい、最高の聖獣だわ！　……ええと、ところで、フェリクス様と専属侍女のミレナに私が魔女だという秘密を話したの。二人とも信じてくれたから、バドのことも紹介していいかしら？」

「本当に信じてくれたものかね？　紹介するのは構わないけど、僕はしばらくリスとして過ごすよ」

聖獣であるバドは、疑り深いところがある。

母国のディアブロ王国においても、バドは人の言葉を話せることを隠していて、リスの振りをし続けていたのだ。

そのため、私が魔女であることを知る者の中にも、バドが聖獣であることを知る者はほとんどいなかった。

「私の家族を除くと、あなたが正体を明かすまでの最短期間は、知り合ってから2年後だったかしら？　でも、フェリクス様はもう私の家族になったのだから、聖獣であることを示してくれてもいいのじゃない？」

相互理解を深めることで、より仲良くなってほしいとの思いからバドに提案したけれど、聞こえない振りをされる。

仕方がない、これは長期戦になるのかしらと思いながらも、丁度入室してきたミレナにバドを紹介した。

「ミレナ、私のお友達を紹介するわね。こちらはバドよ。秘密だけれど、バドは私と一緒に生まれてきた聖獣で、人の言葉が話せるの。ただ、ちょっと恥ずかしがり屋だから、しばらくはリスの振りをしているかもしれないわ」

「聖獣様におかれましては、お目通りがかないまして恐悦至極に存じます」

ミレナはそう言うと、膝を折って深い礼をした。

それは相手に敬意を示す、礼儀正しい作法だったというのに、バドは知らんぷりを決め込むと、まるでリスであるかのように尻尾をぴこぴこと動かして明後日の方を向いていた。

「……ごめんなさいね、ミレナ。人見知り全開のようだわ」

「いいえ、私が何者かも分からないのですから、当然のお振る舞いだと思います」

笑みを浮かべて模範解答をするミレナを見て、まあ、私の自由気ままな聖獣様と違って、私の侍女は優等生だわと思ったのだった。

――そのミレナだけれど、「内緒の話よ」と魔女であることを告白した時には、驚いた表情をしていた。

突然の話に戸惑っている様子だったため、私はどうしても信じてもらいたくて、彼女の両手を握りしめた。

「突然の話で信じられないことは理解できるわ。でも、少しずつでいいから、私はそういうものだと受け入れてくれると嬉しい」

「承知いたしました。あの……私がこれまで信じてきた常識では、全く考えられないお話でしたので、戸惑ってしまい申し訳ありません。ですが、ほかならぬルピア様のお言葉ですので、もちろん信じます」

真剣な表情で約束してくるミレナに対し、私は首を横に振る。

「いいえ、あなたの反応は当然のものよ。ただ、あなたに信じてもらうことは、私にとって大事なことなの。ええと、そうね、身代わりの能力以外は大したものではないけれど、魔女としてできることは幾つかあるから、それらの秘密を少しずつ共有してもらえると嬉しいわ。ミレナ、時々、私の内緒話に付き合ってね？」

「もちろんでございます」

深く頭を下げるミレナを見て、誠実な侍女が側にいてくれることを嬉しく思う。

そして、こんな風にとまどい、信じ切れないことが普通なのだから、即座に信じてくれたフェリクス様の態度はとてもありがたかったわと彼に感謝したのだった。

✿
✿
✿

フェリクス様と結婚して1か月が経過した。

日々感じることは、フェリクス様は信じられないほどお優しいということだ。

国王に即位したばかりのため、ものすごく忙しいのだけれど、約束通り朝食は必ず一緒に取ってくれるし、それ以外にもできるだけ時間を作っては一緒に過ごそうと努力してくれる。

さらに、私の小さな変化に気付いてくれ、わざわざ口に出してくれるのだ。

――その日、珍しく時間があるからと、昼食を一緒に取ってくれたフェリクス様は、称賛するかのように目を細めて私を見つめてきた。

「ルピア、今着用しているドレスは、朝食時に着ていたドレスと異なるね。淡い緑のドレスは春らしくて、君によく似合っているよ」

「えっ!?　あっ、ありがとうございます」

瞬間的に頬が赤くなったけれど、褒められた嬉しさのためだと思ってもらえるといいなと思う。

だって……言えるわけがない。

朝食時に目にしたフェリクス様の服に緑色が交じっていたから、その色に合わせてドレスを着替えたなんて。

そして、『フェリクス様の服とお揃いみたいになったわ』と考えて、にまにましていたなんて。

実際には今日だけでなく、毎日の朝食時にフェリクス様の服装を確認し、彼の服の色に合わせて着替えているのだけれど、朝食以外ではあまり会うことがないため、これまで気付かれなかったようだ。

周りに控えている侍女や侍従たちが微笑ましいとばかりに見つめてくるので、フェリクス様以外は私がドレスを着替える理由に気付いているのだろうけれど……どうか、本人には言わないでください、と心の中でお願いする。

本人の知らないところで勝手に服の色を合わせているなんて、我ながら子どもっぽいことをしているなと自分でも思ったからだ。

恥ずかしくなってうつむき、照れ隠しに肩の上にいるバドを撫でていると、フェリクス様は理由が分からないまでも、私のいたたまれない気持ちを読み取ったようで、さり気なく別の話題に変えてくれた。

そんな彼を見て、こういうところが優しいのよね、と改めて思う。

そして、自分の魅力を自覚していない人だなとも。

これほど優しくて思いやりがあるのだから、側にいたら誰だって彼のことを好きになるだろうに、そのことに気付いていないのだ。

だからこそ、誰もが感づいている私から彼への好意も、政略結婚の礼儀の範囲くらいにしか考えていない。

とは言っても、フェリクス様の鈍さには感謝していた。

なぜなら私は7歳の頃からずっとフェリクス様を一途に思い続けていて、興味と好意の全てが彼に向かってしまっていたため、恋心が重過ぎるように思われたからだ。

冷静に第三者視点で考えると、ほとんど交流もなかった相手をここまで思い続けることは尋常でないだろう。

そう頭では分かってはいるものの、自分では止められないのだ。

私の視線はいつの間にかフェリクス様を追ってしまうし、フェリクス様のためにできることがあればすぐに行動してしまう。

そんな私の言動を知られると、『深くて重過ぎる』と厭《いと》われるように思え、知られないで済むならばありがたいと思う。

そのため、私はあくまで軽い調子を装うと、会話の続きに戻ろうとした。

……ええと、本日の予定についてフェリクス様に質問されていたのだったわね。

「今日の午後は、文化・学術関係者3名の拝謁が予定されているだけだわ」

そう答えると、フェリクス様は安心したように微笑んだ。

「それはよかった。最近は体調がいいようだからと無理をせずに、空いた時間はゆったりと過ごすのだよ」

純粋な好意から発せられた言葉を聞いて、私の体調が崩れるのは自分で無理をした時だけですと心の中で謝罪する。

体調を崩すと分かっていて無理をしているので、自業自得なのですよと。

それから、ここがチャンスとばかりにフェリクス様に質問した。

「ありがとうございます。……ところで、その、私はこの国のことを色々と学んでいる最中だから、本日の空き時間にはゆったりとりょ、料理をするつもりなの。もし何か食べたいものがあれば、作りましょうか?」

さり気なく尋ねるつもりが、緊張し過ぎて噛んでしまう。

フェリクス様のために食事を作ることは長年の夢だったため、力が入り過ぎたようだ。

さり気なく、さり気なくという気持ちとは裏腹に、瞬きもしないで彼を見つめて返事を待つ自分をどうにかしたいと思う。

けれど、どうにもならず、お願い頷いてちょうだいと祈るような気持ちで見つめ続けていると、フェリクス様はふっと微笑んだ。

「いや、私のことは気にしなくていい。我が国には独特の料理が多数あるが、癖があるものも多いから、君が食べられそうなものから作るといい」

「……はい、そうします」

まあ、そうよね。

王宮には専属の料理人がいるのだから、わざわざ素人の料理を食べる必要はないわよね。

フェリクス様の返事にがっかりする自分に、簡単に食べてもらえると思う方が図々しいわと言い聞かせ、笑顔を保ったまま返事をする。

「今日は、料理人の方々に色々と教えてもらってきます」

「ああ、君が厨房に顔を出したら、皆喜ぶだろう」

フェリクス様の言葉を聞いた途端、私の表情がぱっと輝く。

リップサービスだと分かっていても、私が顔を見せたら皆が喜ぶと好意的に解釈されて嬉しくなったからだ。

我ながらチョロ過ぎるのじゃないかしらと思いながらも、私は拝謁が終了するとすぐに、いそいそと厨房に向かったのだった。

# 5・王妃の奮闘

「「「これは王妃陛下、ようこそいらっしゃいました!!」」」

事前に話が通っていたようで、厨房に顔を出すと、料理人たちから一斉に頭を下げられた。

まあ、皆さんお忙しいでしょうに、手を止めてもらって悪いわねと思いながら、感謝の笑みを浮かべる。

「お忙しいところ申し訳ないけれど、お邪魔するわね」

そう返事をすると、料理人たちから驚いたように目を見開かれた。

……まただわ。

どういうわけか、王宮内のどの場所に顔を出しても、初対面の人から必ず驚きの表情を向けられるのだ。

理由が分からずに専属侍女のミレナに尋ねたところ、言いにくそうに答えてくれた。

『ルピア様の母国は大陸一の大国ですから、どうしても王妃陛下は遥か格上の偉い方というイメージがあるのです。にもかかわらず、ルピア様が気軽に私どもにお声を掛けてくださるので、皆は驚いているのではないでしょうか』

そう言われても、私が交わす会話の多くは、礼儀的な挨拶程度のものに過ぎない。

つまり、日常会話を交わすだけで驚かれるほど、皆が抱いている私のイメージは酷いものなのだろう。

自分でも気付かないうちに、居丈高なイメージを抱かせてしまったのかしらと反省しながら、私は料理長にお願いする。

「この国の料理について、母国でも学んだことがあるの。そのことを思い出しながら、自分で作ってみようと思うのだけれどいいかしら？　少しでもおかしなところがあれば、その都度教えてもらえると嬉しいわ」

「はっ、はい！　承りました！　ところで、その……確認ですが、今のお言葉から解釈しますと、王妃陛下は実際にお料理をされるということですか？」

「ええ」

笑顔で頷くと、その場の全員に目を見開かれる。

……料理を学びに来たのに、料理をすると答えたら驚かれるって、どういうことかしら？

不思議に思って首を傾げていると、料理長はこちらが恐縮するくらい申し訳なさそうな表情を浮かべた。

「す、すみません！　もちろん王妃陛下に我が国の料理を作っていただけるのであれば、これほど光栄なことはありません。ええと、ただ、事前に伺っていた話では、伝統料理である『クフロス』を作ることになっており、そちらの材料をご用意していたのですが、これは非常に手間が掛かる料理でして」

「ええ、3時間ほど掛かるのよね。その間ずっと厨房にいたら迷惑かしら？」

迷惑を掛けることは本意でないため、心配になって料理長に質問する。

『クフロス』はスターリング王国の伝統的な料理だ。

芋とバターとミルクにその家伝来のソースを混ぜ合わせ、そこにカットした野菜を加えて、パン粉で包んで揚げる料理になる。

通常であれば1時間程度の調理時間で済むのだけれど、王宮で作る場合は手間を惜しまないため3倍の時間が掛かると、母国で学んだ際に料理のお師匠様は言っていた。

……そう、私は幼い頃にフェリクス様を選んで以降、スターリング王国に嫁いでも困らないよう、この国についてありとあらゆることを学んできたのだ。もちろんその中には料理も含まれる。

私の質問を聞いた料理長は、慌てて両手を振った。

「と、とんでもないことでございます！　そうではなく、よければ私どもで下準備などを手伝わせてもらえればと思いますが、よろしいでしょうか？」

まあ、これは料理のほとんどを料理人たちが作ってしまい、私は最後に味見をするだけのパターンだわ。

事前に危機を察知した私は、笑顔でお断りを入れる。

「ありがたい申し出だけど、よければ一人で作りたいわ」

「えっ!!」

あまりに驚かれるので、非常識なことを言っているのかしらと決まりが悪くなる。

時々、高位貴族のご令嬢が王宮に料理を教わりにくると聞いていたけれど、彼女たちは見学だけで実際には料理をしないのかもしれない。

そうだとしたら、料理人たちは料理をするご令嬢を見守ることに慣れておらず、その分色々と心配になるかもしれないわ。

そう考えた私は、安心させるための言葉を紡ぐ。

「もちろん刃物や油の扱いには気を付けるし、万が一怪我をしても、あなた方のせいでないことはお約束するわ」

「は、はい……」

料理長以下の料理人全員が目を白黒させているので、私はよっぽど王妃らしからぬ行動を取っているのだろう。

きっと私は、これまでのご令嬢たち同様に（？）厨房の見学をするだけだと思われていたのだ。

実際に料理をすることが事前に分かっていたら、止められていたかもしれない。

だとしたら、今日ここで料理ができることを示しておかないと、色々と心配されて、今後は見学しか許してもらえなくなるかもしれないわね。

でも、私にはいつかフェリクス様に手作りの料理を食べてもらうという夢があるのだから、それはダメよ、と制止が掛かる前に慌てて野菜を手に取った。


さて、まずは野菜の泥を落とすことからね、と考えた私は、準備してあった野菜を大きな桶《おけ》に入れると、水でじゃぶじゃぶと洗い始めた。

たったそれだけの行為で、料理人たちの間から「あああ」「陛下自ら……」とうめき声が漏れる。

いやいや、これくらいで驚かれていては料理なんてできないわ、と考えながら、私は洗い終わった野菜の皮を手早くむくと、それぞれの野菜の切り方に合わせて切っていく。

赤い野菜は三角に、茶色の野菜は丸く、緑の野菜は四角に、という風に。

それらの作業をしている間に、ざわざわと騒がしかった料理人たちは静かになっていて、気付いた時には皆が食い入るように私の手元を見ていた。

そして、全ての野菜を切り終わったタイミングで、料理長が震える声を上げる。

「……信じられない、完璧なカットだ」

その声を皮切りに、他の料理人たちが再びざわつき始めた。

「お……王妃陛下が包丁を使えるのかと心配していましたが、そのレベルじゃありませんね！」

「ああ、ものすごい料理の達人だ。というか、我が国の伝統料理をマスターしていらっしゃるよな？」

「ええ、僕もそう思います。我が国の野菜料理は、形もサイズも正解がありますよね。10年間王宮で料理を作っている僕だって、あれほど正確に野菜をカットできません。一体どうなっているんですか!?」

「あれ、でも、あれは何ですかね？　緑の野菜の内側をくり抜いていたのは……？」

料理人たちが驚くのも、もっともだと思う。

なぜなら私が実践したのは、一般の家では廃《すた》れつつある古典的で伝統的なスターリング王国の料理方法なのだから、どこで学んだのだろうと不思議に思っているはずだ。

けれど、答えの内容が恥ずかしく思われたため、聞かれるまで黙っていようと、次の作業に取り掛かる。

私は大きなボウルに細かく砕いた芋とバターとミルクを入れると、きょろきょろと辺りを見回した。

それから、座り心地のよさそうな樽《たる》を見つけると、その上にちょこんと座る。

「お、王妃陛下!?」

驚いたような声を上げる料理長に、私はにっこりと笑ってみせた。

「これを混ぜるのに、私は1時間掛かるのよ。立っていると疲れるから、見逃してちょうだい」

「え、い、1時間も混ぜられるんですか!?　それはお疲れになってしまいますよ！　よければ、私に手伝わせていただけませんか!!」

ゆるく首を横に振ると、がっくりとうなだれられる。

「そ、そうですか。いえ、もう本当に、王妃陛下に我が国の料理をお作りいただけることは、感激以外の何物でもないのですが、……我々でも行わないほど細やかに料理をされているので、頭が下がる思いでございます!!」

なぜならそれが、私がお師匠様から習った調理方法なのだから、一番弟子として手を抜くわけにはいかないのだ。

私は秘伝のたれを少しずつ垂らしながら、ゆっくりとボウルの中身を混ぜ合わせていった。

今や誰もが、固唾を呑んで私の手元を見つめている。

「しばらくはかき混ぜるだけだから、見ても面白いものはないわよ」

そう忠告したけれど、全員から「「すごく面白いし、勉強になります!!」」と返された。はて。

一瞬首を傾げたけれど、私の作り方におかしなところがあればその都度教えてほしいと頼んでいたことを思い出し、料理人たちは仕事をしているだけだわと納得する。

そのため、私は料理の続きに戻ったのだった。

✿ ✿ ✿

「できたわ！」

作り始めてからきっかり3時間後、私は満面の笑みで大皿に盛られた料理を見つめた。

時間を掛けた甲斐があって、握りこぶし大のクフロスが20個ほど盛られている。

私のお師匠様は『見た目も料理のうちですから、最後まで手を抜いてはいけません』と教えてくれた。

厳しく教えてもらった分、それなりの形になったと思うけれど、現役の料理人からどう評価されるのかしらと、おっかなびっくり料理長を振り返る。

すると、緊張した様子の料理人たちと視線が合い、そういえば料理指導をお願いしていたにもかかわらず、一度も注意されなかったことに気が付いた。

これはまずいわ。

私の料理がパーフェクトであるはずはないので、指導したい場面があったとしても、黙々と料理をする王妃相手に注意することははばかられたのだろうと今さらながら思い至り、申し訳ない気持ちになる。

というよりも、皆の強張った表情から判断するに、私の料理は大きく作り方を間違えていたのかもしれない。

私は恐る恐る味見用の小皿にクフロスを1個載せると、料理長に差し出した。

「あの、もしよかったら食べて、批評してもらえるとありがたいわ」

「も、もちろんでございます!!」

料理長は料理を直接手で摑むと、器用に真ん中から半分に割った後、そのうちの一つをぱくりと口に入れた。

それから、ゆっくりと時間を掛けて咀嚼すると、ごくりと飲み込んだ後に顔を上げて私を見る。

その瞬間、どういうわけか料理長の両目からぽろぽろと涙が零れ落ちた。

「ええ!?」

泣くほど美味しくなかったのかしら!?

びっくりして目を丸くしていると、料理長はえぐえぐと泣きながら口を開いた。

「王妃陛下、……完璧でございます！　これほど素晴らしいクフロスを、私は6年振りに食べました！　私は王宮の料理長を務めておりますが、これほどの料理を作ることはできません！　見事な料理でございます!!」

「あの……」

さすがにそれは褒め過ぎだろう。

そんなに気を遣わないでいいからと、料理長の褒め言葉を止めさせようとすると、それよりも早く目元を赤くした料理長が口を開いた。

「出過ぎた質問をさせていただいてもよろしいでしょうか？　私は6年前、先代の料理長から王宮の料理長職を引き継ぎました。先代は私がとても及ばないような素晴らしい料理人でして、当王宮の料理長を辞した後はディアブロ王国に移住したと聞いています。先代の名前はチーロ・ロンキといいますが、もしかしたらご存じでしょうか？」

これほどはっきりと質問をしてくるということは、恐らく全てバレているのだろう。

私は観念して、正直に告白する。

「……チーロは、私の料理の先生だわ」

そう、チーロの息子夫婦が亡くなったことで、彼は孫娘を育てるためにディアブロ王国へ移住してきたのだ。

そして、私のお母様により、チーロは私の料理の先生として、ディアブロ王国の王宮に招聘《しょうへい》されたのだ――どうしてもフェリクス様に料理を供した料理人から教わりたいとの私の希望に沿う形で。

……うう、できれば言いたくなかった。

フェリクス様の元料理人を雇っていたなんて、恐ろしいくらいのストーカーじゃないの。こんなことが彼の耳に入ったら引かれるわ。

そして、明らかにフェリクス様への恋心が溢れている行動だから、皆の前で告白し、呆れたように見つめられているこの状態がいたたまれないわ。

けれど、顔を赤くした私には気付かぬ様子で、料理長は両手を握りしめた。

「ああ、王妃陛下、料理の手順を拝見させていただいた時から、そうではないかと思っておりました!!　フェリクス陛下は先代の料理がお気に入りで、彼が去った後もしばらくは『味が違う』と不満足な表情で言い続けておられました。私はどうしても、先代の味を再現できなかったのです。それなのに、6年の時を経て、この味が蘇ったのです!!」

手放しで褒めてくる料理長を前に、厳しく丁寧に料理を教えてくれたチーロに心の中で感謝する。

「そうだとしたら、チーロはとても丁寧に教えてくれたのでしょうね。私は素人だったから色々と考えることなく、言われるがままに手順を覚えたのもよかったのかもしれないわ」

「お言葉を返すようですが、先代が常に言われていたのは、『食べ手のことを考えて、料理を作れ』ということでした。クフロスの中に詰めてある緑の野菜は、フェリクス陛下が嫌いな食材ですね。だからこそ、王妃陛下は通常の手順とは異なり、緑の野菜だけ中の部分をくり抜いたのですね」

「まあ」

よく見ているわ。

「けれど、くり抜いた部分はさらに手間をかけて細かく砕き、混ぜ込むことで、栄養のバランスは損ねないように気を遣ってあります。これは……先代の作り方です。そして、私にはできないやり方です」

「…………」

何と答えたものかしらと躊躇《ためら》っていると、料理長は被っていた帽子を手に取り、深く頭を下げた。

「脱帽でございます、王妃陛下!!　素晴らしいご指導、ありがとうございました!!」

「ええ!?」

指導を受けるべきは、私の方だと思うけれど。

そう驚いている間に、料理長の後ろに並んでいた料理人たちも全員、帽子を手に取ると深く頭を下げてきた。

「王妃陛下、素晴らしいご指導をありがとうございました!!」

「えええ!?」

想像もしなかった光景を前に、目をぱちくりさせていると、私の後ろでミレナが感動に震える声を漏らした。

「ルピア様、我が国の料理を王宮の料理長よりも上手に作られるなど、信じられない偉業ですわ！　さすがでございます!!」

……ええと、違うと思うわよ。


――さて、ここから先はミレナが聞いてきた話だけれど、フェリクス様は元々、きちんとした夕食を取ることは少ないらしい。

仕事がぎっしり詰まっているため、書類を見ながら少しだけ食事をつまむのが定番のスタイルのようだ。

その日の夜、夜食としてフェリクス様のもとに持ち込まれたのは、私が作ったクフロスだった。

彼は書類に視線を落としたまま一口食べると動きを止め、目を見張ってクフロスを見つめた。

「……うまいな。私は幼い頃にこのクフロスを食べたことがある。そして、それ以来ずっと食べたいと思ってきた」

その際、すかさず侍従が「王妃陛下が作られたものです」と言い添える。

すると、フェリクス様は驚いたようにクフロスを見つめ、「……そうか」とつぶやいた。

それから、彼はクフロスを五つも食べたので、その普段にない食欲を見て、誰もが嬉しくて顔をほころばせたとのことだった。

——そんな前夜のやり取りを知らない私だったけれど、翌日の朝食の席で、フェリクス様からお礼を言われた。

「ルピア、昨日はクフロスを差し入れてくれてありがとう。すごく美味しかったよ」

「えっ、あっ、はい」

ミレナを通して、私の料理がフェリクス様に出されたことは聞いていたけれど、私の名前が出されたとは思っていなかったため、どぎまぎして挙動不審になってしまう。

けれど、すぐに嬉しくなり、興奮して答えた。

「た、食べていただけて嬉しいです‼」

私の様子を見たフェリクス様が屈託のない様子で微笑んだので、私の頬は一瞬にして赤くなる。

……嬉しい、夢が一つ叶ったわ！

フェリクス様に私が作った料理を食べてもらえた。

それどころか、美味しいとの感想までもらってしまった。

あああ、嬉しい！

両手を握りしめて感激していると、フェリクス様はねだるような表情でリクエストしてくれた。

「料理をしたからといって、体調は崩してないね？　もし差し支えなかったら、時間がある時にまたいつか、同じものを作ってほしい」

「毎日でも作るわ！」

思わずそう返したのは、仕方がないことだと思う。

フェリクス様は目を丸くした後、楽しそうに笑い声を上げた。

その日の朝食室にはフェリクス様の朗らかな笑い声が何度も響き、私は恥ずかしくも楽しい朝食の時間を過ごすことができたのだった。

「王妃陛下、今日は日差しが強うございます。よければ、木陰にて作業いただけないでしょうか」

――その日、私はバドを肩の上に乗せ、王宮の裏手にある庭で刺繍《ししゅう》をしていた。

裏庭から見える風景をハンカチに刺したくて、ここ数日、時間を見つけてはこの場所に来ているのだけれど、確かに今日はいつになく日差しが強い。

護衛騎士から提案を受けた私は、申し訳なく思いながら彼を見上げた。

「ご心配をお掛けして申し訳ないわ。でもね、私は意外と丈夫なのよ。日差しを浴びたくらいで倒れたりしないわ。それに、場所を変えたら見える景色が異なってくるから、刺繍する景色が違うものになってしまうわ。……ええと、2時間。2時間経ったら止めるから。……いえ、1時間かしら。……やっぱり、50分？」

私の返事に騎士が渋い顔をしたので、仕方なく少しずつ妥協する。

私は時々寝込むことがあるため、皆から体が弱いと思われているようだ。

本当は虚弱体質ではないのだけれど、魔女であることを明かさずに寝込む理由を説明することは難しく、心配を掛けることも本意でないため、ここは譲るしかないと、滞在予定時間をどんどん短くしていく。

すると、50分と答えたところで、やっと騎士から頷いてもらえた。

「ありがとう、バルナバ！」

嬉しくなって、笑顔で護衛騎士にお礼を言うと、後ろで低い咳払いが聞こえた。

驚いて振り返ると、立派なひげを蓄えた筋骨隆々とした騎士が立っていた。

「まあ、ビアージョ騎士団総長！　お勤めご苦労様」

顔立ちは異なるけれど、母国にいるお父様と似た雰囲気を持つ騎士団のトップを見つけた私は、刺繍道具をその場に置くと、笑顔で駆け寄った。

ビアージョ騎士団総長は、「何とお転婆なお妃さまだ！　ドレスの裾をひるがえして駆け寄られるなんて」としかつめらしく発言したけれど、瞳の奥は笑っていた。

それから、私の上に可愛らしいパラソルを差し出す。

「ルピア妃が護衛騎士の言うことを聞かないことは理解しました。さすれば、この爺めが、ルピア妃が刺繍をされる間は、日傘を差し続けることに致しましょう」

「えっ！」

「ですから、爺の腕が疲れる前に、刺繍を止めていただきますよう」

悪戯っ子のような表情でおかしな提案をしてきた騎士団総長の太い腕に視線をやると、私はぱちぱちと瞬きをする。

自分のことを「爺」と表現したけれど、ビアージョ騎士団総長はまだ40代なので、その体力は底なしに違いない。

「……ええと、ビアージョ総長、あなたの筋肉と私の体力を比べたら、間違いなく私の方が先に疲れてしまうわよ」

そう答えると、肩の上のバドが同意するかのように尻尾をぴこぴこと動かした。

バドは今日も、リスに絶賛擬態中だ。

その頑固さに心の中でため息をつきながらも、忙しいビアージョ騎士団総長に迷惑を掛けるわけにはいかないのだから、今は総長を何とかしないといけないわと、慌てて言葉を続ける。

「私はお転婆かもしれないけれど、約束を守る妃なのよ。バルナバと約束をしたから、今日はあと50分で刺繍を止めるわ」

「素晴らしいことですね。では、爺めが50分間傘を差すとしましょうか」

総長があくまで傘を差すと言い張ったため、ぎょっとして見上げる。

「い、いえ、騎士団総長にそのようなことをさせられないわ！　それにね、私は意外と丈夫なのよ」

先ほど護衛騎士に言った言葉を繰り返してみたけれど、今回もスルーされる。

ビアージョ騎士団総長は私を元いた位置に案内すると、先ほどまで座っていた椅子に同じように座らせ、隣に立って傘を差し出してきた。

「ここだけの話、私は時々ぼんやりとしたくなる時があるのですよ。正に今がその時でして、王妃陛下に傘を差すという仕事は適役ですな」

間違いなくそんなはずはないのに、傘を差す理由まで考えてくれた総長に感謝を覚える。

「ありがとう、総長。私の我儘に付き合ってくれて感謝するわ」

騎士団総長に時間を使わせていることを考えると、どうしてもこの場所から見える風景を刺繍したいと言い張ったことが、子どもっぽいことに思われてくる。

けれど、私の言葉を聞いた総長は、不同意を表すために片方の眉を上げた。

「国王陛下の大切な場所を刺繍に収めることが『我儘』に入るのでしたら、その『我儘』は非常に尊重されるべきことですな」

「えっ！」

私の行動を見透かすような発言をさらりとされたため、びっくりして体が跳ねる。

目を丸くして総長を見つめると、彼は秘密ごとを話すかのように声を潜めた。

「私は若い頃、陛下の護衛騎士をしておりました。陛下がまだお小さかった頃に悲しいこと、悔しいことがあると、幼い陛下は必ずこの場所に来られていました。そして、正にルピア妃がいらっしゃる場所に立って、この風景を眺めていたのです」

「ビ、ビ、ビアージョ騎士団総長……」

私はしどろもどろになって、総長の名前を呼んだ。

な、何としたことかしら。全てお見通しだったなんて。

――私は幼い頃から、夢の形でフェリクス様の行動を見ていた。

そのため、この場所が幼い彼にとって大切な場所だったことを知っていた。

彼が長じてからは訪れなくなったため、既に卒業した場所かもしれないけれど、私にとっては幼い彼を守ってくれた大切な場所なので、この景色を正しく刺繡に収めたかったのだ。こっそりと。

「ええと、その、総長、これは……」

この場所で刺繡をするのは3回目だけれど、そして、毎回どういうわけか総長が通りかかっていたのだけれど、これまでは世間話をするだけだったので、まさか意味がある場所だと知られているとは思わなかった。

そのため、動揺した私はあわあわと意味のない言葉を発する。

なぜなら魔女であることを伝えられない以上、上手く説明できる言葉を持っていなかったからだ。

すると、総長は安心させるかのように微笑んだ。

「ルピア妃、私はあなた様にお礼を言いたいのです」

「えっ、お礼？」

「大国の姫君が嫁いで来られると聞いた時は、正直ルピア妃のように陛下のことを思ってくださる方がいらっしゃるとは考えてもいませんでした。料理長から聞きましたが、ルピア妃は前料理長に師事され、陛下がお好きだった料理の味を再現されたそうですね。ここからは私の推測ですが、ルピア妃は前料理長以外にも、この王宮で働いていた者を母国で雇用され、様々なことを聞き取られたのではないでしょうか？」

「えっ！」

「そして、国王陛下を大切にすることに、その情報を使っていらっしゃる。……そうだとしたら、私たちの大切な陛下を大切にしていただくことに、感謝しかありません」

「………」

本当は夢で覗き見していたのだけれど、上手い具合に誤解してくれたので、沈黙を守ることにする。

フェリクス様を大切に思っていることと、フェリクス様が大切にしていた場所を大切に思っていることは当たっているので、許される範囲だろう。きっと。

ちらりと見上げると、ビアージョ総長の優しい眼差しと視線が合った。

これほど好意的に解釈してくれる騎士団総長に対し、全てを正直に話せないことは心苦しく思われ、胸がずきずきする。

そのため、話せることは正直に話そうと口を開いた。

「この国では、妻から刺繍されたハンカチを、夫が身に着ける習慣があると聞いたわ。今のフェリクス様はこの場所のことを忘れているかもしれないけれど、幼い彼を元気付けてくれた場所だから、この場所を刺繍したハンカチをお守り代わりに持ってもらうことで、少しはご利益があるかもしれないと思って……」

口にしたことで、何の根拠もないおまじないの類だわと気付き、いつだって実質的利益のために行動している立派な騎士の前で、私は一体何を言っているのかしらと気恥ずかしくなる。

けれど、うつむいた私の頭上に、総長の優しい声が降ってきた。

「私もご利益があると思いますよ」

「……ありがとう」

私はうつむいたまま総長にお礼を言うと、顔を上げた。

すると、掛けてくれた言葉と同じくらい優しい表情をした総長が目に入った。

……本当に、ビアージョ騎士団総長は優しいわ。

私は心がほっこりと温かくなるのを感じながら軽く頭を下げると、刺繍の続きに戻った。

優しい沈黙の中、私は黙々と手を動かして刺繍に集中する。

そんな私の上にビアージョ騎士団総長は傘を差し続けてくれ、護衛騎士のバルナバは「そんな場所だったとは！」と驚いたように何度もつぶやいていた。


――それから2週間後、やっと刺繍が完成した。

そのため、夜にフェリクス様が私の部屋を訪れた際、勇気を出してハンカチを差し出す。

「フェリクス様、し、刺繍入りのハンカチです！　よかったら使ってください」

緊張のため、思わず禁止されている敬語が出てしまう。

けれど、フェリクス様はそのことに触れることなく、笑顔でハンカチを受け取ってくれた。

「ありがとう、ルピア。とても見事な刺繍だね！　……だが、実は、君が刺繍をしていることは、報告を受けていてね」

それから、彼は少し困ったように眉を下げると、言葉を続けた。

「刺繍をするために体を壊しては、元も子もないよ。日差しが強かったり、風が冷たかったりする日があっても、君は無茶をするようだから、今後は戸外で刺繍をするのは止めてほしい。私はこの1枚で十分だ。大事に使わせてもらうから」

「……はい」

私はフェリクス様をずっと見てきたから、彼の表情から大体の感情を読み取れる。

彼の感情は口にした通りで、ハンカチをもらったことは嬉しいけれど、これ以上私に無理をさせたくないと思っているようだった。

そのため、ここは大人しく従うことにする。

なぜならフェリクス様は刺繍入りハンカチを嬉しそうに受け取ってくれ、大事に使うと約束してくれたので、それ以上を望むのは贅沢だと思われたからだ。

「フェリクス様、ハンカチを受け取ってくれてありがとうございます！」

「……そこはお礼を言うところではないだろう。だったら、私は『ハンカチを受け取ったことを喜んでくれてありがとう』と答えて、このお礼合戦は永遠に終わらないよ」

「えっ、そ、そうですね！」

気付かなかったわ、と思った私は困ったように彼を見つめ、……悪戯っ子のような表情の彼と目が合った途端、二人で吹き出してしまう。

「……ルピア、君は物事を楽しくする天才だね」

「まあ、だったら、フェリクス様は私を幸せにする天才だわ！」

そう言い合うと、二人でもう一度笑い合った。


その日から、彼の胸ポケットにはかなりの頻度で私が贈ったハンカチが飾られるようになった。

そのハンカチを見る度に私は笑顔になり、そして、フェリクス様も笑顔になるのだった。

## 【SIDE国王フェリクス】

# 王妃ルピア　2

「国王陛下、何か楽しいことでもおありですか？」

執務室で書類仕事をしていたところ、新たな書類を持ち込んできた側近から質問され、自分の頬が緩んでいたことを自覚した。

「いや……」

ただ少し、妃のことを考えていただけだ。

——とは言えず、ごまかすために咳払いをする。

しかし、同じ部屋で仕事をしていた宰相からぎらりと睨みつけられたので、彼には妃のことを考えていたことを見透かされたのかもしれない。

視線を避けようと窓の外を眺めたところで、レストレア山脈の積雪が目に入り、ルピアの白い髪を思い出した。

何をしても、つい妃に思考が飛んでしまう自分に気付き、表情を引き締める。

「……絆《ほだ》されてきたのかな？」

処理した書類を側近に返しながら、誰にも聞こえないよう口の中でつぶやいたところで、ああ、そうかもしれないと思う。

そして、それも悪くないな、とも。

なぜならルピアは全てにおいて真っすぐで、何事にも全力で取り組む、悪く思いようがない相手だったのだから。

初めのうちは何らかの意図を持っていて、私に恋をする演技をしているのではないかと疑ったが、ともに暮らすうちに、彼女は何事も表情に出るタイプなのだと分かってきた。

嬉しい時、何かをごまかしたい時、少し落ち込んだ時、――――彼女の気持ちはすぐに分かる。

私への好意を言葉で表現されたことは一度もないが、好意を抱いてくれているのだと信じられるくらいには真っすぐに見つめてくれ、私のために行動してくれる。

恐らくルピアは、生まれつき愛情深いタイプなのだろう。

彼女は両親や兄姉を深く愛していて、新たに家族となった私にもその愛情を向けてくれているに違いない。

ルピアはいつだって楽しそうに笑っているし、そんな彼女を見つめる侍女や騎士たちも――――いつだってしかめ面をしている騎士団総長ですら――――思わず笑顔になるため、ルピアがいるだけでその場の雰囲気がぱっと明るくなるのだ。

そんなルピアは厨房や裏庭など、時間を見つけては王宮内の色々な場所に顔を出していると聞いている。

小さな姿でちょこちょこと歩き回る姿は可愛らしく、誰もが面倒を見たくなるのだろう。

だからこそ、わずかな期間で、王宮の多くの者がルピアに好意を持つようになったのだ。

私は先日、私のもとに持ち込まれた伝統料理を思い出していた。

それは、子どもの頃好きだった『クフロス』という揚げ料理だったが、前料理長が王宮を去った際に彼の味は失われ、もう二度と食べられないだろうと諦めていた。

その味が6年ぶりに再現されて目の前に出されたため、私は嬉しくも驚いたものだ。

そして、喜びの声を上げる私に向かって、「王妃陛下が作られたものです」との説明が、すかさずなされたのだ。

翌日、ルピアに礼を言うと、いかにも自分が料理をしたのではないとばかりに、あわあわと慌てた様子だったため、正直で微笑ましいなと思った。

――大国の姫君が、料理をするはずもない。

ルピアと婚約する前、時折、女性から私のもとに菓子類が届けられることがあった。

貴族令嬢の手作り菓子であったが――この場合の手作りとは、大体において薄布で菓子類を包むことを指していた。

あるいは、最後に味見をして合格かどうかを判断することか。

高貴なる貴族令嬢にとって、一部でもその製作過程を手伝ったならば、確かにその菓子は「作った」のであって、嘘を言っているつもりはないのだ。

だから、「ルピアが作った」料理が、とても姫君の手には負えないような手の込んだものだったとしても、それは見て見ぬ振りをするのがマナーだろう。

ただし、王宮の料理人たちをして、一度は「作れない」と匙《さじ》を投げた前料理長の味を再現させたルピアの手腕はすごいものだと素直に感心する。

恐らくルピアには人を引き付け、動かすことができる魅力があるのだ。

だからこそ、私を喜ばせたいと思ってくれたルピアのために、料理人たちが全力を尽くして前料理長の味を再現したのだ。

「彼女を見ると、周りの人間はどうにかしてやらなければと思うのかもしれないな。だが、私がどれだけ頼んでも、料理長は『再現できません』の一点張りだったというのに、えこひいきが過ぎる」

ぽつりとつぶやいてはみたものの、腹立たしさは感じなかった。

そして、このことは料理長に限った話ではないな、と思う。

居丈高な大国の姫君に違いないと、ルピアを知る前は苦手意識を持っていた騎士や侍女たちが、いつの間にか雛鳥を守る親鳥のように一心に彼女を守っているのだから。

ルピアには人を引き付ける天性の魅力があり、それは一国の王妃にとって一番大事な資質に違いない。

「私は得難い王妃を娶ったものだ」

大国の都合に合わせただけの婚姻だったが、今となってはルピア以上の妃などいるはずもないと心から思う。

そのため、しみじみとつぶやいていると、同じ部屋にいたギルベルト宰相が呆れたような声を上げた。

「先ほどから自慢だか、惚気《のろけ》だか分からない言葉をつぶやかれていますが、もうそろそろ仕事に集中してもらってもいいですかね？　はあ、まさか陛下がこれほどチョロいとは思いませんでしたよ。たった1か月半で、ご自分の妃に骨抜きだなんて！」

「いや、骨抜きというほどでは……」

さすがにそこまでではないだろうと、小さな声で否定する。

しかし、ギルベルトはきっとした表情で睨みつけてきた。

「何を言っているんですか！　世間では、陛下の状態を骨抜きと言うんですよ！　欠点もひっくるめて、相手の全てがよく見えるなんて、通常ではありえない事態ですから」

「え、ルピアに欠点なんてないだろう」

驚いて反論すると、ギルベルトは両手を振り上げて反論してきた。

「もちろんたくさんありますよ!!　たとえばルピア陛下は偏食が酷いですよね！　基本的に肉を食べないし、喜んで食べるのは野菜と果実のみです！　先日行われた晩餐会の席でも、食事の半分以上を残した王妃陛下を見て、同席した貴族たちが驚いていたではないですか！」

「たったそれくらいで目くじらを立てるな。私だって好き嫌いはあるさ」

「ですが、陛下は全て食されるじゃないですか！　王妃陛下は食事に関して努力をせず、嫌いなものは残されますよ!!　全然違う行為を同じとみなすなんて、それを骨抜きと言うんです！」

私は肩を竦めることで返事に代えた。

口には出さないが、ギルベルトは優しさが不足しているなと考える。

偏食自体は大した問題でないため、見逃してやればいいものを、わざわざ騒ぎ立てるとは。

――以前、偏食の理由をルピアに尋ねた際、『魔女だから』と返された。

その時に気付いたのだ。

彼女にとって魔女であることは、安心できる逃げ道なのかもしれない、と。

何か不都合なことがあった場合、彼女は己が魔女であることを理由にするのだろう。

――魔女は、おとぎ話の世界の住人だ。

「昔」魔女がいた「らしい」との話が伝わるのみで、全ては言い伝えでしかないのだから、ルピアが魔女を理由にした場合、誰も反論することができない。

なぜなら魔女は不明の存在のため、「そうではない」と言える者がいないからだ。

だからこそ、魔女であることはルピアの安全地帯なのだ。

そうであれば、私は彼女が魔女であることを全力で守護しなければと思う。

ルピアは身一つで大国から嫁いできてくれたのだ。

勝手が違い、親兄姉もいないこの国で、寂しくなることも、不安になることも多くあるだろう。

そのような場合に、絶対的に安心できる場所が彼女には必要なはずで、それを準備するのは夫たる自分の役割なのだから。

「私はルピアを大事にしようと思う。私の妃であるのだから当然そうされるべきだ」

宰相が睨んでいるのは分かっていたけれど、私はもう気にすることなく声に出して宣言した。

なぜならそれが、私の義務だと考えていたのだから。

しかし、翌日にルピアが熱を出したことで、私は自分がどれほど彼女に傾倒しているのかを気付かされることになるのだ。

# 6・虹のかかる理由　1

『身代わりの魔女』の能力は、「婚姻相手の怪我や病気をその身に引き受け、完全に治癒することができる」ことだ。

それが、神様からいただいた大きな力で、フェリクス様のためだけに使う能力だった。

他方、魔女の能力はそれだけでなく、訓練することで魔女の望みに応じた小さな魔法を使うことができた。

私の場合、その小さな魔法は「虹をかけること」だった。


スターリング王国の成り立ちには、『虹の女神』が存在する。

なぜなら「スターリング王国創世記」には、こう綴られているからだ。

『国のはじまりにおいて、王国の大地は痩せており、十分な作物が実ることはなかった。

誰もが飢え、救いを求めていたところ、女神が空の端から端まで大きな虹をかけられた。

すると、その空の下の大地は豊かになり、作物が実るようになった』

国民はその伝説を信じており、『虹の女神』は国民の誰からも信仰されていた。

そして、虹の7色の髪色を持つ者が、「女神に愛されし者」として尊重された。

赤、橙、黄、緑、青、藍、紫。

この7色のうちのいずれかの髪色を持つ者は女神に愛されており、よりよい行いができると信じられていたのだ。

さらに、稀に複数色の虹色の髪を持つ者が存在し、彼らは『女神の愛し子』として、絶大なる尊敬を集めていた。

複数の虹色髪を持つ者は、貴族の中に稀に現れたけれど、王族は必ず2色以上を持っていた。

そのため、王族とは2色以上の髪色を持つ者のことだと誰もが信じていた。

――そんな王族の中に、フェリクス様は藍1色の髪で生まれてきたのだ。

私が彼を好きになったのはフェリクス様が6歳の時だったけれど、――夢で覗き見したことによると、その時既に、彼の母である当時の王妃は、彼を手酷く扱っていた。

『私と王の子がこのような1色の髪色であるはずがない！　お前は取り違えられたのだ。ああ、見苦しいその髪色!!』

王妃は実の息子を一切慈しむことなく、顔を合わせる度に幼いフェリクス様に暴言を吐いた。

けれど、次々と浴びせられる理不尽な言葉の数々に、フェリクス様は一度だって言い返すことはなかった。

『申し訳ありません、王妃様』

そう言いながら頭を下げ、王妃の激高が収まるのを待つのが常だった。

それから、王宮の裏庭に行っては、一人で泣いていた。

当時のフェリクス様は、わずか6歳の子どもだ。

母親が恋しいに決まっているのに、母である王妃も……そして、父である国王も、どちらも息子を蔑んでいて、優しい言葉一つ掛けることはなかった。

にもかかわらず、彼は1色の髪色で生まれてきた自分が悪いのだと――幼い頃から母親に言い聞かせられてきた言葉をそのまま信じ、『虹の女神にもっと愛されたかった』と泣くのだ。

『そうしたら、お父様とお母様は僕を好きになってくれたのに』

そうおまじないのように繰り返しながら。

だから私は――魔法で虹をかけようと決心した。

フェリクス様の誕生日や記念日といった彼にとって意味がある日に、スターリング王国の王宮上空に虹をかけ、彼が『虹の女神』から愛されていると皆に示すのだ。

けれど、私の決心とは裏腹に、そう簡単にはいかなかった。

なぜならいくらフェリクス様という媒介が存在しても、遠く離れた国に虹をかけるのは簡単な話ではなかったからだ。

そのため、虹をかける魔法を行使できるようになるまで、丸1年を要した。

さらに、虹の魔法を行使するためには、相応の負担を必要とした。

――『身代わりの魔女』は、魔法の対価として自らの身を差し出す。

怪我や病気を引き受けた際には、自らの体に移し、意識なく眠り続けることで治癒するし、小さな魔法をかけた際には、意識を失うことはないものの、体中の力を使い果たすことで魔法を維持する。

つまり、虹をかけた後は、1週間ほど高熱にうなされて寝込み、その間は食事ものどを通らないほど衰弱した状態に陥るのだ。

そのため、私が虹をかけようとする度に、父や母、兄や姉、従兄は私を止めようとした。

「虹をかけることはおまじないに過ぎない。相手は嬉しい気持ちになるかもしれないが、実質的な利益はないのだから、それによってお前が苦しむことは間違っている」

家族の誰もが純粋に私のことを心配し、助言しているのは分かっていた。

けれど、私以外の誰も、彼のことを夢で見ることができないので、どれほど彼が苦しんでいるのかを分かっていないのだ。

彼の国において、彼の側にいる全員が彼を救えないでいる。

藍1色の髪を持つことで両親から責められる彼をかわいそうだと思っても、理不尽だと憤っても、――相手が国王と王妃であるため、誰一人として口に出してフェリクス様を慰めることはないのだ。

だったら、せめて私が小さな希望を見せてあげたい。

そして、フェリクス様はとても大切な存在だと、本人に分かってほしい。

その思いから、私は事あるごとにスターリング王国の王宮上空に虹をかけた。

初めは「すごい偶然ですね」と言っていたスターリング王国の者たちも、3回、4回と続くと、「これは必然で女神のご意思だ！」と言い始めた。

それから、フェリクス様を興奮した様子で囲み、『虹の女神』がフェリクス王子を祝福されているのだ!!」と称賛し始めた。

そして、あっという間に、国中の者がフェリクス様を『女神の愛し子』と呼び出したのだ。

——変化は劇的だった。

たったそれだけのことで、王妃は息子を認め、慈しむようになったのだから。

王妃にならって、国王も同じように息子に愛情を示し始める。

すると、彼の精神が落ち着いたことで、成長を止めていた全てが動き出したのか、平均よりも低かった彼の身長がぐんぐんと伸びはじめた。

髪の色も1色から2色に、2色から3色に変化する。

——それは、複数色の髪を持つ者の間で稀に起こる事象だったけれど、そのことですら「女神が愛していることを髪色でお示しになられた！」と、フェリクス様はもてはやされた。

そして、長らく空位になっていた王太子の席に、フェリクス様が就くことになったのだ。

その頃から、フェリクス様自身にも変化が表れ始めた。

剣の訓練、勉学、マナーといったあらゆる学習に対して、一切の弱音を吐かなくなったのだ。

泣くことを止め、苦しくても歯を食いしばって乗り越えようとする。

恐らく……彼は自分が多くの者から愛されていると、感じ始めたのではないだろうか。

そして、それは彼にとって大事なことで、自分を信じて頑張ることができるようになったのではないかと思う。

同時期に、彼は王宮の裏庭を訪れることを止めた。

そのことから、私は彼が自分の進むべき道を選択したのだと気付く。

多分……彼はお守りだった場所を捨て、厳しく険しい王となる道を選んだのだろう――それまでは、『お前を決して王にはさせない』と両親から宣言されていたため、選ぶことすらできなかった道を。

フェリクス様の選んだ道は険しいものだったけれど、それが彼の望みであれば、私は全力で応援したいと思った。

そのため、少しでも彼の手助けになるようにと、スターリング王国についてあらゆることを学んだ。

そして、彼の後押しになるようにと、フェリクス様にとって意味のある日には虹をかけ続けた。

「ルピア、体には大きくなるべき適正な時期がある。例えばお前が9歳の時に大きくなる分は、9歳の時にしか大きくなれない。10歳の時に倍の食事を取ったとしても、9歳の時の成長を取り戻すことはできないのだ」

無理をし過ぎて連続で寝込み、食事もろくに取れない日が続いた私に、兄が苦言を呈した。

「ルドガーの言う通りだ。ルー、お前が何事にも全力で取り組むことは知っているが、無理をし過ぎるものではない。スターリング王国では身長の高い女性が好まれるらしいから、ほら、少しでも食べてごらん。そして、虹をかけるのはほどほどにしなさい」

従兄であるアスター公爵家のイザークも兄に同意する。

「分かりました」

そう答えはしたものの、結局、私は家族の言うことを聞くことなく、フェリクス様にとって大事な日に虹をかけ続けた。

そして、皆を心配させないようにと、熱が下がるとたくさん食べた。

――10歳になっても、11歳になっても、12歳になっても、私は変わらず虹をかけ続けた。

そうしたら、皆は諦めて、もう何も言わなくなった。

だから、私はずっと彼のために虹をかけ続け、彼は『女神の愛し子』との呼び名を確実なものにし、『虹の王太子』と国民から呼ばれるようになった。

虹をかけたことが原因とは思わないけれど、残念なことに、17歳になった私は平均より身長が低かった。

兄姉の中で、一人だけ低い。

けれど、そのことについて私をからかう者は誰もいなかった。

それどころか、事あるごとに私をフォローしてくれたため、私は自分の身長が低いことに不便さを感じることも、劣等感を抱くこともなく済んだ。

また、この頃には、私がフェリクス様に夢中なことを家族の誰もが理解していた。

そのため、私たちの結婚式に先立って行われたフェリクス様の戴冠式に虹をかけ、体調を崩して寝込んだ際、兄は「やるだろうと思っていたよ」と諦めたようにつぶやいただけだった。

――――実際に、結婚予定日の1週間前にスターリング王国に到着していたものの、結婚式の当日までフェリクス様と会うことができなかったのは、私が寝込んでいたせいだ。

フェリクス様は私の発熱の理由を知らないため、『大事な行事を前に発熱するなんて管理不足だ！』と不満を抱いてもおかしくないのだけれど、文句を言うことなく、直筆で書かれた労りに満ちた手紙を届けてくれた。

スターリング王国の来賓用寝室のベッドに横になり、彼の手紙を読んでいると、兄がやってきて汗ばんだ前髪を優しくかき上げてくれた。

それから、真面目な表情で質問される。

「お前がこれまで彼のために虹をかけ続けた事実を、フェリクス王に伝えないのか？」

熱でぼうっとした頭では、質問を理解することに時間が掛かったため、しばらくの間を置いて兄に答える。

「……話をするにしても、今すぐでない方がいいと思います。彼は自分が『虹の女神』に祝福されていると考えているはずですので、実際はそうでなく、ただの私の魔法だったと知ったら、がっかりすると思いますから」

「そうかもしれないが」

短く反論する兄に、私は首を横に振った。

「私はフェリクス様をがっかりさせたくないのです。ですから、……理想は、私が彼にとって大切な存在になれて、私が手助けをしたことが彼にとっても意味があるものだと思ってくれるようになってからです」

長い会話をしたことで息が切れ、思わず目を閉じると、兄が額に浮かんだ汗を拭いてくれた。

「気の長い話だな。お前は本当にフェリクス王を中心に、全てを考える」

それから、兄はため息をつくと、カットされた果物を差し出してきた。

「無理をしてでも食べなさい。恐らくお前は、結婚式の前日まで熱が引かないはずだから、少しでも体力を付けるのだ。……ところで、お前自身の結婚式には虹をかけないのか？」

食欲が全くなかったので、差し出された果実を申し訳程度にほんの少しだけ齧《かじ》る。

「結婚式の後は、披露宴や外国の要人たちとの謁見といった重要行事が続くと聞いています。王妃が寝込んで欠席すると、フェリクス様に迷惑を掛けることになるので、結婚式に虹をかけるのは諦めます」

兄はものすごくできの悪い子どもを見る目つきで私を見やると、呆れた様子で天を仰いだ。

「虹をかければ、お前が祝福された存在であると、大々的にアピールできると思うのだが、……本当にお前はフェリクス王のことばかりを考えて、自分のことはどうでもいいのだな」

それから、兄は横目に私を見つめてくる。

「彼がお前を大事にしてくれることを望むよ。お前がお前自身を労わらないのだから、お前の夫にその役を担ってもらわないとな」

「そうなってくれたら、私は世界で一番の幸せ者ですね」

うっとりとした表情で答えると、顔をしかめられた。

「……いや、やはりフェリクス王がお前を大事にし過ぎるのも考えものだな。お前は調子に乗って、もっと彼のために尽力しそうだからな！」

そう言うと、兄はブランケットをぎゅうぎゅうと私の体に巻きつけ、「おとなしく眠っているように」と言い置いて、扉に向かった。

「はい、分かりました。……お兄様、ありがとうございます」

お礼を言うと、兄は背中を向けたまま、軽く手を振った。

その動作は、私が熱を出して寝込むたびに目にする見慣れたものだったため、自然と笑みが浮かんでくる。

私の結婚式に出席するため、遠路はるばる付いてきてくれ、さらに熱を出した私を心配してくれる優しい兄の後ろ姿を見つめながら、私は安心して深い眠りに落ちていった。

# 7・恋に堕ちた日（ルピア7歳）

私が初めてフェリクス様に出会ったのは、我がディアブロ王国の王宮で行われたガーデンパーティーの席だった。

当時、まだ幼かった王子王女のために、王宮では定期的に貴族の子弟を招待したガーデンパーティーが開かれており、そこで王子王女の婚約者候補や未来の側近候補、上級侍女候補の選定が密やかに行われていたのだ。

その時の私は7歳で、年上のお姉様たちとともに綺麗なドレスを着て、どきどきする胸を抑えながらパーティーに出席していた。

それらの席に、時折外国からのお客様が交じることがあったけれど、その日はスターリング王国から第一王子であるフェリクス様が参加されていた。

フェリクス様は私より1歳年下の6歳だと紹介されたけれど、同じ年の子どもと比べると明らかに小さく、5歳くらいに思われた。

私が六人きょうだいの末っ子だったことと、ガーデンパーティーで私よりも年下の子どもを見たことがなかったことから、嬉しくなった私はフェリクス様にまとわりついた。

本当に図々しいことだけれど、年上というだけで、彼の面倒を見ることを許された気持ちになっていたのだ。

テーブルをはさんで向かい合って座り、ひたすら彼に向かって話をする私を、フェリクス様は丁寧に相手をしてくれた。

わずか6歳だというのに、感情を閉じ込めた綺麗な笑みを浮かべ、何を言っても頷いてくれるのだ。

そんな彼の態度は、私よりも幼い子どものものとしてはでき過ぎに思われ、戸惑いを覚えていると、私の気持ちを敏感に感じ取ったフェリクス様が小首を傾げてきた。

「どうかしましたか？」

「フェリクス様はどうして、私が何を言ってもうなずいてくれるのですか？」

「え？」

「フェリクス様の嫌いなものは何ですか？」

全てを肯定してくれるということは、フェリクス様は私が話題にした全てのものが好きなのだろうか？

でも、誰だって嫌いなものの一つや二つはあるはずだ。

そんな単純な考えから質問すると、彼は驚いたように目を見開いた。

まるで自分に嫌いなものがあることを、今まで一度も考えたこともないとでもいうかのように。

「……嫌いなもの。……嫌いなものが何かを言えるのは、自分に自信がある者だけです。僕には言えません」

「え？　どういうことですか？」

フェリクス様が言っていることは、当時の私には理解できなかったため聞き返すと、彼は眉を下げた。

……多分、この時、私は彼を困らせたのだ。

自分の経験の範囲で彼の発言を考え、安易に分からないと返してしまったため、フェリクス様は大いに困惑したのだろう。

理解できないのならば、「そうなのですね」と流すことが淑女のルールだと既に教わっていたのだから、私はそうすべきだったというのに。

けれど、困惑していたとしても、フェリクス様はそのことを口にすることなく、理解できていない私のために言葉を変えて話を続けてくれた。

「……嫌いなものは、僕の髪色かもしれません。我が国の王族は皆、2色以上の髪色で生まれてきます。本来ならば、僕もそうあるべきだったのです」

「………………」

せめてここで、『フェリクス様の髪はきれいですよ』とか、『我が国では、誰もが1色の髪色しか持ちませんから大丈夫ですよ』とか、気が利いた言葉を言えればよかったのだけれど、昔から私にはその手の器用さが不足していた。

そのため、さすがに彼の言葉に穏やかならざるものを感じ、元気付けるような言葉を言わなければいけない、との雰囲気を感じ取っていたにもかかわらず、結局は適当な言葉が浮かばず、強張った表情で沈黙することしかできなかった。

気まずい沈黙が続き、言葉で慰めることを諦めた私は、当時、兄が馬に夢中だったことも手伝って、フェリクス様に馬を見せたら喜ぶに違いないと考えた。

そのため、私は唐突に彼を馬場に誘った。

「フェリクス様、馬を見に行きましょう！」

彼は一瞬訝し気な表情をしたけれど、すぐに穏やかな表情に切り替えると頷いた。

「はい、ご一緒します」

当時の警備に問題があったとすれば、ガーデンパーティーの席から私が抜け出すとは誰も考えていなかったことだろう。

なぜならこれまでの私は一度だって、そのような行動を取ったことがなかったため、誰も予測していなかったからだ。

そのため、私たちに付き従ったのは、私の護衛騎士ただ一人だった。

お兄様は栗毛の美しい馬を手に入れたばかりだ。

あの馬はとても美しいから、フェリクス様も気に入るに違いない。

そう高揚した気持ちで、私はフェリクス様とともに馬場に足を踏み入れた。

そして、兄の馬が目に入った瞬間、「フェリクス様、あの馬よ！」と大声を上げながら、一直線に栗毛の馬に走り寄って行った。

馬は臆病な動物だから、突然大きな音を出したり、走り出したりしてはいけないと、前々から注意されていたにもかかわらず、その時の私の頭からは、全ての警告が吹き飛んでいたのだ。

注意事項を思い出したのは、私の目の前で一頭の馬がいななきながら、後ろ足二本だけで立ち上がった時だ。

「え……」

恐怖で立ち止まり、見上げた私の視界に、馬のお腹と二本の前足が映り込む。

逃げなければ、と咄嗟に思ったけれど、足が竦んで動くことができなかった。

踏まれる！

と思った瞬間、私を引き倒すようにして、何者かが私の上に覆いかぶさってきた。

高く鳴く馬の声と、誰かの叫び声。走り寄ってくる足音。

一瞬にして騒然となったその場で、私はただ地面に横たわり、硬直したまま目を見開いていた。

——結論から言うと、私に覆いかぶさってきたのはフェリクス様だった。

幸運なことに、彼も私も振り下ろされた馬の足を避けることができ、泥で汚れはしたものの、怪我一つ負うことはなかった。

すぐに私の護衛騎士が走り寄ってきて、馬場にいた従者たちと協力して馬たちを遠くに追い払う。

それから、フェリクス様と私を木の陰に連れて行き、怪我がないかを確認してくれた。

ことの重大さに真っ青になり、がたがたと震えていると、隣にいたフェリクス様が気遣わし気な声を掛けてきた。

「大丈夫ですか？　怖い思いをさせてしまって、申し訳ありません」

私はびっくりして目を見開いた。

「ちが……ち、ちがいます！　謝るのは、私です。ごめんなさい。フェリクス様をきけんな目にあわせてしまってごめんなさい」

ショックでぽろぽろと涙を零し始めた私を見て、フェリクス様は眉を下げた。

「僕がけがをしても、悲しむ人はいないから大丈夫です。あなたがぶじでよかった」

そう言うと、彼はふわりときれいに笑った。

――その瞬間。

そう言い切ったフェリクス様の優しい表情を見て、私は恋に堕ちた。

私よりも年下の小さな体でありながら、咄嗟に身を挺して庇ってくれた勇気のある彼に。

真っ青になった私を心配し、慰めの言葉を掛けてくれる優しさを持つ彼に。

王国の第一王子でありながら、怪我をしても誰も悲しまないと言い切る寂しさを持つ彼に。

「……フェリクス様、ありがとうございます。このご恩はずっと忘れません」

口にした言葉は、本気だった。

――私はたった7歳だったけど、生涯の恋に堕ちたのだ。

# 8・虹のかかる理由　2

「まあ、ルピア様、すごい汗ですわ！　ご気分は悪くありませんか？」

目覚めたタイミングでミレナが入室してきたかと思うと、汗で張り付いた私の髪を見て、驚きの声を上げた。

「心配してくれてありがとう。昔の夢を見ただけだから大丈夫よ」

何でもないと伝えたけれど、ミレナから心配そうな表情で色々と確認される。

目覚めたばかりだからなのか、私は先ほどまで見ていた夢をはっきりと思い出すことができた。

私が恋に堕ちた――――フェリクス様に助けられた7歳の頃のシーンだ。

あの場面を思い出すと、彼を危険にさらした記憶がまざまざと呼び覚まされ、いつだって胸が苦しくなる。

今もそうで、苦しさを散らすためにゆっくりと胸元をさすっていると、時間の経過とともに楽になってきた。

もう大丈夫と思った私は、未だ心配そうな表情を浮かべているミレナを安心させるために微笑みかける。

けれど、彼女は私の笑顔を信用していないようで、冷やしたタオルで顔を拭いてくれた後も気づかわし気な表情を浮かべていた。

まあ、私が色々とごまかしたい時に笑みを浮かべることを、既に見抜かれてしまっているわ！

さすがフェリクス様が認める優秀な侍女だわと驚いていると、そんなミレナを満足そうに見つめているバドに気が付いた。

バドったら、ミレナのことを気に入っているのならば、そろそろ聖獣であることを示してくれればいいのに。

そう不満に思いながら、バドの耳をぴんぴんと引っ張る。

それから、バドに態度を改めるよう申し入れた。

「バド、あなただってもう分かっているでしょう。ミレナは心から私のことを考えてくれる素晴らしい侍女だわ。お願いだから、そろそろ正体を現してちょうだい」

けれど、私の言葉が聞こえたはずの守護聖獣は、まるでリスであるかのように体を丸めると、迷惑そうに尻尾を振ってきた。

どうやらバドは方針転換することなく、リスに擬態し続けるつもりのようだ。

まあ、バドは本当に手強いわね！

私はバドに向かってため息をつくと、朝の支度に取り掛かった。

――フェリクス様は国王として日々忙しく、色々なところに出掛けている。

一方、体が弱いと思われている私の公務は少なく設定してあり、彼とともに行動することは多くない。

けれど、本日は滅多にないことに、二人で一緒に外出する予定になっていた。

なぜなら今日は「虹の女神祭」で、国を挙げてお祭りが行われる日だからだ。

それはスターリング王国でも指折りの重要行事であったため、――私は結婚して初めて、空に虹をかけようと決心していた。

でも、まずはフェリクス様と一緒の外出を楽しまないと！　と、わくわくした気持ちで、彼とともに馬車に乗り込む。

ぴかぴかの馬車には大きなガラス窓がはめてあったため、沿道に集まってくれた国民に向かって窓越しに手を振った。

すると、わあっと歓声が上がり、笑顔の国民たちが大きく手を振り返してくれる。

嬉しくなって、笑顔で手を振り続けていると、歓声はどんどん大きくなっていった。

「すごい人気だね。去年も一昨年も同じ行事に参加したが、これほどの歓迎を受けたのは初めてだ。皆、可愛らしい王妃に夢中なのだろうね」

フェリクス様は冗談めかした口調で、楽しそうに話を振ってきた。

思ってもみないタイミングで話しかけられたため、どぎまぎして胸を押さえる。

「ま、まあ、ありがとうございます。でも、去年までは王太子だったフェリクス様が、国王になられたことを喜んでいるからこその歓声じゃないかしら」

そう答えると、フェリクス様は何とも言えない表情を浮かべた。

「ルピアは本当に思いやりがあるね。偏見に満ちた言葉で申し訳ないが、貴族女性というものは、誉め言葉を当然のものとして受け取り、他人に分け与えないものだと思っていた。君のように、とっさに私を思いやる言葉が出てくる者は、なかなかいないだろうね」

「まあ、そうではないわ。立派な夫を持っていると自慢しているのだから、思いやりとは程遠いはずよ」

褒められたことに動揺し、自分でもよく分からない言葉を返すと、彼はきょとんと目を丸くした後に声を上げて笑い始めた。

「ははは、なるほど！　だが、自慢される夫の立場としては、誇らしいことこの上ないな。うん、君の夫になってよかったよ」

「ま、まあ」

何てことを言うのかしらと思いながら、言葉に詰まった時の癖で、ドレスのポケットに入っているバドを撫でると、その仕草を見つめていた彼から言葉を重ねられる。

「ルピアは本当に愛情深いね。ペット……ではなく、聖獣様だったかな？　聖獣様にまでそれほどの愛情を注いでいるのだから、私たちの子どもが生まれたらものすごく可愛がるのだろうね」

「えっ、こど？　こ、こど？」

突然何を言い出すのかしらと、驚いて問い返そうとしたけれど、動揺し過ぎて単語を上手く口に出せない。

一瞬にして真っ赤になった私を、フェリクス様は馬鹿にするでもなく、むしろ感心するような表情で見つめてきた。

「本当に、こんなに可愛らしい王妃様が存在するなんてね。それが己の妃だなんて、私は果報者だな」

「…………」

これは無理だ。

夢で覗き見していた時、フェリクス様が女性に甘い言葉を囁く場面を目にしたことがなかったため、浮ついた言葉を口にしないタイプだと勝手に思い込んでいたのだけれど、どうやら私の勘違いだったようだ。

彼の言葉は私の許容範囲を超えており、とても耐えられないと思ったため、別のことに集中しようと、無理やり視線を窓の外に向ける。

そして、街路沿いに集まってくれている人々に向かって再び手を振ることにした。

国民へ手を振る私をフェリクス様が見つめていることは分かっていたけれど、私は決して彼に視線を向けなかった。

そんな私を見つめていたフェリクス様は、しばらくすると「可愛いな」と、独り言のようにぽつりとつぶやく。

聞こえない振りをしていたけれど、もちろんしっかり聞いていた。

そして、明後日の方を向いた角度を可愛いと思ってもらえるのならば、今後もどうにかして明後日の方向を見続けようと心に決めたのだった。

✿ ✿ ✿

「虹の女神祭」とはその名の通り、『虹の女神』に感謝するお祭りだ。

国中の全ての町や村で数日間にわたって開催され、誰もが女神に日頃からの感謝を捧げる。

また、その祭りの初日には、国王が国民を代表して「はじまりの地」にて祭祀を執り行うこととなっていた。

「スターリング王国創世記」に綴られている、『女神が空の端から端まで大きな虹をかけられた』という「はじまりの地」は、正しくその場所が伝えられており、現在も豊かな大地が広がっている。

それは、王都から馬車を3時間ほど走らせたところにある、王都とレストレア山脈との中間地点であり、王国内でも有数の農業地帯となっていた。

「はじまりの地」は国の水源である大きな二本の河が最も近付く場所でもあるため、見渡す限りの大地に青々とした作物が生い茂っていて、私は初めて見る雄大な景色に言葉を失う。

「ルピア、こちらに」

景色に見とれて立ち止まっていると、フェリクス様が手を伸ばしてきて、しっかりと体を支えてくれた。

「この辺りは足元が悪いから、私につかまっているのだよ」

どうやら洒落たブーツを履いてきた私の足元を心配してくれたようだ。

フェリクス様はしっかりと私を支えると、二本の大河に視線を向けた。

「ルピア、ここが私たちの『はじまりの地』だ。私たちはここからはじまり、栄え、今の暮らしがあるのだ」

そう言ったフェリクス様の声が畏敬の念に溢れていたため、私は大事な場所に立っているのだと身の引き締まる思いで、ごくりと唾を飲み込む。

……私は今、この国で最も神聖な場所にいるのだ。

そのことを理解していると示すため、私はフェリクス様に向かって小さく頷いた。

バドはポケットから抜け出すと、私の肩に移動して、ひくひくと鼻をうごめかしている。

――これまで、私の「虹をかける魔法」には欠点があった。

それは、虹をかける場所と時間が最適とは言えなかったことだ。

原因の一つは、過去に一度もスターリング王国を訪問したことがなかったため、地理的な位置関係を把握できていなかったことだ。

そして、自分でも把握できていない場所を、虹をかける場所として指定することは非常に困難だった。

そのため、イベントが行われる場所がどこであろうとも、スターリング王国王宮を唯一の定点として、必ず王宮上空に虹をかけていた。

また、もう一つの原因は、私が夢の形でフェリクス様の言動を見るのは過去の事象のみのため、「これから行われるイベント」の詳細をリアルタイムで把握することができなかったことだ。

そのため、イベントについての事前情報だけをもとにして、虹をかけていた。

つまり、たとえ天候が悪くて翌日にイベントが延期されたとしても、出席者の到着が遅れて開始時刻がズレたとしても、遠く離れたディアブロ王国から把握することができなかったため、元々の予定日時に虹をかけていたのだ。

けれど、今日の私は現地にいて、フェリクス様の隣に立っている。

場所と時間を間違うことなく、虹をかけることができるはずだ。

そう考えた私は、フェリクス様にとって最適なタイミングを見計らうことにした。

――集まった貴族たち、国民たちが数多く見守る中、祭祀は時間通りに開始された。

まずは、この地を通っている二つの河から汲まれた水を、大地に捧げることから始まる。

その役割は『女神の愛し子』が執り行うとの説明を受けていたけれど、綺麗な虹色のグラスを手に持って現れたのは、私と同じくらいの年齢のご令嬢だった。

彼女の髪色は橙色をベースに赤色と黄色のメッシュが入ったもので、フェリクス様以外に3色の虹色髪を初めて目にした私は、その美しさに目を見張る。

「まあ、フェリクス様もそうだけど、虹色の髪は美しいものね」

思わずつぶやくと、隣にいたフェリクス様が私の耳元に口を近づけて囁いてきた。

「私を褒めてくれてありがとう。けれど、私はルピアの白い髪を美しいと思うよ」

「……っ」

そうだった。フェリクス様は甘い言葉を囁くタイプだったのだわ。

私は赤らんだ頰を隠すように俯くと、自分の身を守るために、これ以上何事もつぶやかないことを心に決めた。

祭祀は粛々と進められ、とうとうフェリクス様の出番となった。

彼は場の中央に進み出ると、片手を胸元にあてた。

「スターリング王国の民を代表して、フェリクス・スターリングが『虹の女神』に、いついかなる時も変わらぬ敬愛をお捧げいたします。

この国の大地が豊かで緑に覆われていることに、恒久なる感謝をいたします。

そして、願わくは、この先も変わらぬご慈愛を、従順なるあなた様の民にお与えくださいますよう」

フェリクス様は朗々とした声を発すると、定められた作法通りに、聖なる穀物の種を大地に蒔いた。

それから、片手を差し出してきて、私の手を取った。

新たに王妃となった私を、この地の女神に紹介する手順だ。

私は左手をフェリクス様の手に預けると、今が最適のタイミングだわと考え、もう片方の手を天に向かって上げた。

それから、まっすぐに空を見上げると、魔女の言葉を口にする。

**「新たなる契約を実行するわ！**
**身代わりの魔女、ルピア・スターリングが贄となりましょう。**
**慈愛の7色からなる美しき光よ、天の端から端まで流れ、天穹《てんきゅう》に橋を架けなさい！」**

それから、伸ばしていた手を下ろすと、フェリクス様へ顔を向ける。

「……ルピア？」

私の発した言葉を理解できず、訝し気な表情をしている彼に向かって安心させるように微笑んだ後、私は目の前に広がる大地に向かって礼を取った。

それから、スターリング王国の言葉で続ける。

「新たに王国王妃となりました、ルピア・スターリングです。生涯変わらぬ敬愛を、『虹の女神』にお捧げいたします。私の厚き忠義心にご慈愛をいただきますよう、心よりお願い申し上げます」

手順通りの言葉を口にした私を見て、フェリクス様が安心したように微笑んだ。

その瞬間、――――その場に集まっていた人々の口から大きな歓声が上がる。

「に……っ、虹だ！　『はじまりの地』に虹がかかったぞ!!」

「何としたことか！　いつだって王宮上空にかかっていた虹が、この地にかかるとは!!」

「ああ、創世記通りに空の端から端まで虹がかかっているぞ！　この地は再び祝福を受けたのだ!!」

「新たなる王と王妃のご誕生を、女神が祝福されているに違いない!!」

空を指さしながら、あるいは手を叩き鳴らしながら、興奮した叫び声を上げる国民たちを、フェリクス様は驚いたように見回した後、皆と同じように空を見上げた。

そんな彼の視界いっぱいに、空の端から端までかかっている大きな虹が映り込む。

その瞬間、フェリクス様は大きく目を見開くと、何らかの感情を呑み込むかのようにこくりと喉を鳴らした。

それから、勢いよく私に顔を向けると、感動した様子で口を開いた。

「ルピア、君はすごいな……。私は毎年、父とともにこの儀式に参加していたが、この地で虹を見たのは初めてだ。私が王となった年に吉兆が現れたことに対し、国民は大きな意味を見出すだろう。

……ありがとう、虹を連れてきてくれて」

フェリクス様の表情から、虹がかかったことは驚くべき偶然で、実際に私が虹をかけたとは思っていないものの、それでも私の存在が幸運をもたらしたと考えていることが見てとれた。

虹をかける魔法について、フェリクス様に一度も説明していないにもかかわらず、そう好意的に解釈してくれたことを嬉しく思う。

そのため、私は真っすぐ彼の感謝を受け取った。

「少しでもお役に立てたのならよかったです」

そう言ってにっこりと笑った――――ところまでが限界だった。

魔法を行使した際の疲労感が一気に襲ってきたため、私はくたりとその場に崩れ落ちる。

「ルピア!?」

フェリクス様の焦ったような声が聞こえたけれど、返事をする間もなく、私はそのまま意識を失った。

✿ ✿ ✿

「フェリクス様は公務に出掛けられたのかしら?」

私はベッドに横になったまま、テーブルの上に飾られた花を見つめると、ミレナに質問した。

――「虹の女神祭」で私が倒れた日から、5日が経過していた。

最初の3日間は高熱のためにほとんど眠って過ごしたけれど、昨日から少しずつ熱が下がり、上半身を起こせるまでに回復していた。

そのため、少しだけ体を起こそうとすると、すかさずミレナから注意される。

「ルピア様、目覚められたばかりですから、体を起こすのはもう少し後にされてください」

「……ええ」

この国の皆の前で倒れたのは初めてだったため、心配を掛けたようで、誰もが私を過保護に扱うようになってしまった。

特にミレナは『これほどの高熱が突然出るはずもありません。私が前兆を見逃していたのです』と申し訳ないほど気に病み、これ以上ないほど私の世話をしてくれた。

そのため、声が出せるようになるとすぐ、私の体調不良は魔法を使った代償で、ミレナが見逃していたものは何もないのだと説明した。

彼女は一瞬戸惑った表情を浮かべたけれど、すぐにしっかりと頷いた。

『大事な秘密をお話しいただき、ありがとうございます』

……いつの頃からか、ミレナは私の言葉を無条件に受け入れてくれるようになっていた。

そして、彼女がフェリクス様の乳姉弟として、どれほど彼を大切に思っているかを話してくれた。

恐らく、私の一番近くにいるミレナは、私の彼への思いの深さを感じ取ってくれたのだろう。だからこそ、彼女が大切に思うフェリクス様を、私も大切に思っていることを理解して、受け入れてくれたのだと思う。

けれど、そんなミレナは言いにくそうに口を開いた。

「それが、国王陛下は昨夜、王宮に戻られていないとのことです」

「えっ！」

驚いて半身を起こそうとすると、慌てて止められる。

「ルピア様、まだお熱がありますから、無理はなさらないでください！　陛下は昨日、レストレア山脈の麓周辺に視察に行かれています。あの地には陛下が懇意にされている貴族家がありますので、恐らくそちらで話し込まれて遅くなり、そのまま宿泊されたのだと思います。陛下に大事がありましたら、知らせが届くはずですから」

「そ、そうよね……」

確かにミレナの言う通りだ。何事かがあったのならば、早馬で知らせが来るに違いない。

そう自分に言い聞かせると、私は浮かせかけていた背中をベッドに戻した。

けれど、一度跳ね上がった心臓の鼓動はなかなか戻らない。

なぜならフェリクス様がスケジュールを変更して外泊することは初めてだったため、何事かが起こったのかもしれないと、悪い想像が頭をよぎることを止められなかったからだ。

「お友達。……お友達と会ったならば、食事をして、お酒も飲んで、そうしたら眠くなるわよね。ええ、ただそれだけだわ」

私は自分に言い聞かせるために声に出すと、もう一度花瓶の花を見つめた。

――フェリクス様は元々優しい方だったけれど、私が倒れて以降、さらにその度合いが増したように思われる。

なぜならものすごく忙しいにもかかわらず、毎日時間を見つけては、私の側にいてくれたからだ。

さすがに申し訳なく思い、しばらく黙っていようと思っていた秘密を話そうとして――魔法で虹をかけた代償で体調不良に陥ったのだから、自業自得なのよと説明しようとして――すんでのところで思いとどまった。

これほど心配してくれるフェリクス様の様子を見るに、もしも真実を告白したら、今後は虹をかけること自体を止められるように思われたからだ。

そのため、私はやましさに顔を赤らめながらも言えることだけを口にする。

『詳しくは説明できませんが、私が無茶をしたのです』

『……では、今後は無茶を止めてほしい』

フェリクス様の答えは想像通りだったため、真実を告白しないでよかったわと、私は胸を撫で下ろしたのだった。

また、フェリクス様はベッドに臥せたままの私のため、『一緒に朝食を取れない代わりに』と、毎朝、彼自身が摘んだ花を届けてくれた。

薔薇、ダリア、クレマチス、と次々に新たな花が増えていくのを幸せな気持ちで眺めていたけれど、先ほど見つめた花瓶の花は、昨日のものから増えていなかった。

そのため、今朝は花を摘む時間がないほどお忙しいのかしらと思いミレナに尋ねたところ、昨夜は戻っていないとの回答が返ってきたのだ。

「大丈夫、フェリクス様は大丈夫」

そう何度も繰り返したけれど、時間の経過とともに心配な気持ちが大きくなってくる。

そして、お昼近くになり、居ても立っても居られなくなった頃、ノックの音とともにフェリクス様が入室してきた。

「フェリクス様！」

私は普段より大きな声を上げると、勢いよくベッドから半身を起こす。

そんな私を見て、フェリクス様は目を丸くすると、足早に近付いてきた。

「ルピア、そんなに勢いよく体を起こしてはいけない。まだ熱があるのだから、横になっていなさい」

困ったようにそう言いながら、私をゆっくりとベッドに横たえる。

そんな彼を、私はじっと見つめた。

「……どうした？　そんなに見つめて、私の顔に何か付いているか？」

不思議そうに質問されたものの、喉が詰まって返事ができない。

すると、代わりにミレナが答えてくれた。

「陛下が予定を変更され、なかなか王宮にお戻りにならなかったため、ルピア様は心配されていたのです」

「えっ、それは悪かったね。思い立って突発的に外泊したが、君へ言付けをすべきだったな。……予定より遅くなってしまったけれど、ただいま、ルピア」

「おかえりなさいませ、フェリクス様。ご無事で何よりだわ」

フェリクス様が普段通りに話をする様子を見て、やっと安心できた私は何とか言葉を紡ぎ出す。

そして、無事な姿を見られたのだから、これ以上、彼の時間をもらうわけにいかないと、話を切り上げようとした。

「お忙しいでしょうに、わざわざ顔を出してくださってありがとうございます。おかげで、安心できたわ。公務があるでしょうから、これ以上は引き止めないけれど、またいつか、時間がある時にでも、お友達の話を聞かせてもらえると嬉しいわ」

「友達？」

「ええ、昨夜はご友人宅に泊られたのでしょう？　予定外に宿泊されたのは初めてだったから、お相手は仲の良いお友達だったのかなと思って、お話を聞かせてもらえたらと考えたのだけど……」

口に出してみると、彼の友人関係に口を出しているように思われ、図々しかったのではないかと心配になって語尾が途切れる。

けれど、フェリクス様は気にした様子もなく、ああ、と納得したように頷いた。

「確かに子爵邸に宿泊したが、親交を深めるためというよりも、地理的に都合がよかっただけだ。あの館はレストレア山脈の麓にあるからね」

「え？」

どういう意味かしらと小首を傾げると、背中に隠されていた方の手を差し出された。

「ルピア、今日の朝摘みの花だ」

フェリクス様の手には、繊細な美しさを持つ紫の花が握られていた。

「フェ、フェリクス様、この花は……」

「我が国の国花であるシーアだ。まだ一度も君に見せたことがなかったと思ってね」

「……でも、その花はレストレア山脈の積雪部分にしか咲かないと図鑑に記されていたわ」

目を丸くして尋ねると、フェリクス様は悪戯が見つかった子どものようににやりと笑った。

「私の妃は博識だね。その通り、だからこそ昨夜は、山の麓にある子爵邸に泊ったのだ。視察でレストレア山脈の近くまで行った際に、君にまだ国花を見せていないことを思い出したからね。そのため、この機会を逃さないようにと、今朝は日の出とともに出発して、その花を採取してきたのだ」

まあ、国王ともあろう方が何て無茶をするのだろうと、あんぐりと口を開ける。

フェリクス様は至尊の冠を戴くのだから、軽々しく衝動的な行動をとれる立場では絶対にないというのに。

私が驚いていることも、その理由も分かっているだろうに、フェリクス様は素知らぬ顔で説明を続けた。

「シーアは繊細な花でね。レストレア山脈から採取すると、1日ももたずに萎れてしまう。そのため、少しでも早く君に見せたかったのだ」

それから、彼は私の顔とシーアの花を交互に見つめる。

「……うん、ルピアの瞳は本当にシーアと同じ色をしているね。この国で最も高貴な色だ」

そう言うと、フェリクス様は爽やかに微笑んだ。

それから、わざとらしい真顔になる。

「ではね、ルピア。君の夫は、君に呆れられないように仕事に行ってくるよ。実際のところ、今日の予定は書類仕事だけだから、少しくらい開始時刻が遅れても問題はない。ただ、その分遅くなるだろうから、先に寝ているように」

彼は私が頷く姿を確認した後、私の頭をひと撫でしてから、部屋を出て行った。

残された私は、びっくりして彼が出て行った扉を見つめる。

「すごいわ。……一瞬にして私を幸福にするなんて、フェリクス様の方が魔法使いなのじゃないかしら？」

――その日、私は一日中、温かい気持ちでシーアの花を眺めていた。

## 【SIDE国王フェリクス】世界は私にかくも優しい

幼い頃、私、フェリクス・スターリングは自分が嫌いだった。

王族として一番大事な髪色に、不備があったからだ。

そのため、私には王族である資格がないと考えていた。

父母に厭われるのは、1色の髪で生まれてきた自分が悪いからだと考えていたし、誰も私を肯定せず、受け入れなかったから、私も私自身を肯定することも、受け入れることもできなかった。

そして、私自身に価値はなく、いつか複数色の虹色髪を持つ弟が生まれれば、切り捨てられる存在だと理解していた。

だが、――――私が8歳の誕生日を迎えた日、王宮上空に虹がかかった。

それはそれは美しい虹が、まるで私の誕生日を祝福するかのように、王宮上空の端から端までかかったのだ。

次に、私が従騎士となった日に。

さらに、私に勲章が授与された日に。

それから、毎年の誕生日には必ず、美しい虹が王宮上空の端から端までかかるようになった。

初めて虹を見た時は、感動して言葉を失った。

そして、こっそりと一人で泣いた。それは私に与えられた、初めての優しさだったから。

二度、三度と重なると、その荘厳さがどんどん身に染みてきて、心が震えるような気持ちになった。

そして、三度目の奇跡が重なった時、私は『虹の女神』の慈愛を感じることができた。

「……ああ、世界は私に優しい」

心から、そう思うことができた。

これほど何度も偶然が重なるはずもない。

世界が、女神が、私に示してくれたのだ。

『お前を見ている』と。

『お前を愛している』と。

私は嬉しさのあまり、初めて声を上げて泣いた。

そして、涙が温かいものだと初めて気が付いた――涙は、人を冷やすものでなく、温めるものなのだと。

「ああ、私は愛されていた」

私にとって意味のある日に空に虹がかかるという、たったそれだけで――そして、その重大な啓示のおかげで、私の全ては一変した。

これまで何度も流していた涙が、突然温かいものだと気付いたように、ある日を境に全てのものの見え方・感じ方が転換したのだ。

そして、新たなる人生が始まった――世界が私に優しいと感じることができたあの日に。

なぜならその日から、私は顔を上げてまっすぐ未来を見つめることができるようになり、その未来は輝いていたのだから。


――そんな話を、なぜ妃にしようと思ったのか。

これまで誰にも話したことはなかったが、ルピアならば好意的に受け入れてくれるように思われ、……違うな、好意的に受け入れてもらいたく思い、話したくなったのだ。

ともに過ごすうちに分かってきたが、大国の王女であったルピアは、意外に恥ずかしがり屋で言葉が足りなかった。

貴族令嬢というのは煌びやかな言葉を使い、事実を数倍に膨らませるのが常だというのに、ルピアにはそのような面が一切なく、むしろ言葉が不足していた。

そのことを証するように、自分が再現させた料理にしろ、見事な刺繍にしろ、一切ひけらかすことがなかった。

そして、私はいつしかそんな彼女を好ましく思うようになった。

明るくて慎ましやかで、何事にもひたむきで真っすぐなルピアを。

明らかな好意をもって、私を見つめてくれる彼女を。

だからこそ、彼女が目の前で倒れた時には、心臓が凍り付いたような心地になった。

――「はじまりの地」で突然、彼女はまるで力尽きたかのように倒れたのだ。

「ルピア！」

慌てて抱き留め、そのまま馬車まで運んだが、抱き上げた体は熱を持っており、その熱さに戦慄した。

馬車の中では、彼女が頭を打ち付けないようにと膝の上に抱えていたが、その体がどんどん熱くなってきたため心配になる。

そして、彼女は眠ったような状態に陥り、目を開かなかった。

王宮の専属医に診せると、ルピアの母国から提出された病歴書から判断するに、定期的に彼女に起こる発熱症状だろうとの診断が下された。

その症状は1週間程度で治まるとの見立てだったが、私は心配な気持ちを抑えることができなかった。

日に何度も彼女の寝室を訪れ、無事であることを確認してしまう。

それだけでは足りず、彼女の喜ぶ顔が見たくて、朝摘みの花を彼女の部屋に差し入れるようになった。

すると、私が摘んだ花を見た彼女は、嬉しそうに微笑んでくれたため、私はもっと彼女を喜ばせたいと考えた。

しかし、レストレア山脈に登り、彼女の瞳と同じ色の花を摘んできたことは、一国の王として衝動的で危険な行為だったと反省している。

そのため、王宮に戻った際、宰相から散々小言を言われたことも、仕方のないことだと甘んじて受け入れた。

だが、手順等に不足があったと反省はしたものの、レストレア山脈に登ったこと自体は一切後悔していなかった。

なぜならその景色は、私が見るべきものだと思われたからだ。

――レストレア山脈で目に入ったのは、一面の銀世界だった。

どこからどこまでも真っ白な世界。

その白一色の世界に、シーアだけがところどころに顔を覗かせ、繊細で美しい花を咲かせていた。

その光景はあまりに荘厳だったため、私は感動で言葉を失った。

そして、目の前の光景をルピアのようだと思った。

それは決して、彼女の白い髪と紫の瞳から、目の前の景色を連想したことだけが理由ではなかった。

高潔で清廉。何者にも荒らされない、凜とした美しさを持っている。

そんな彼女の姿と眼前の景色から受ける印象が同じだったからだ。

この景色を覚えていよう。そして、ルピアを大切にしよう。

私は目の前に広がる幻想的な光景を前に、そう心の中で誓った。


そして、その誓いは間違っていなかった。

私にとって意味のある日に必ず虹がかかるため、私は『虹の女神』に愛されており、世界に受け入れられていると感じるとルピアに話をした時、彼女が涙を流してくれたから。

「フェリクス様は大切な存在で、だからこそ、世界はあなたを愛しているわ」

涙を零しながらも微笑んで、そう言ってくれたから。

そんな彼女を見て、私は心の中の大事な部分が温かくなっていくのを感じた。

そして、――――私の妃はとても綺麗だと思った。

# 9・可愛い弟妹

「おねーさま！　今日はバドさまのおうちを作ってきたよ」

私室でゆったりとくつろいでいたところ、扉口で可愛らしい声が響いた。

誰の声であるのかすぐに分かったため、笑顔でソファから立ち上がると、声がした方を振り返る。

すると、声と同じくらい可愛らしい姿の少年が、すかさず走ってくるのが見えた。

ハーラルト・スターリング。4歳になるフェリクス様の弟だ。

王族の象徴である3色の虹色髪を持っており、藍色をベースに緑と青のメッシュが一筋ずつ入った神秘的な髪色をしている。

顔立ちはフェリクス様にそっくりで、将来はものすごい美形になることが約束された整った造形をしていた。

「もう、ハーラルトったら、廊下は走るものじゃないと教わったはずでしょう？」

そう言いながら澄ました表情で扉から入ってきたのは、同じくフェリクス様の妹である7歳のクリスタだ。

こちらは黄色をベースに橙色のメッシュが入った髪色をしており、既に美少女の片鱗を見せているおしゃまな王女様だ。

「ハーラルト様、クリスタ様。遊びに来てくださって嬉しいわ」

「んっふっふ、それよ！　私もハーラルトも、お義姉様をお訪ねするのは今日で10回目ですからね。約束通り、様付きで呼ぶのは終わりですわよ」

「あら」

確かに、そんな約束をしていた。

一瞬躊躇したけれど、約束だからと二人を呼び捨てにすることにする。

「では、今日からはハーラルト、クリスタとお呼びしましょうね。呼び方も変わったことだし、私のことは本当の姉のように思ってもらえると嬉しいわ」

そう言うと、二人はきゃっきゃっと笑いながら抱き着いてきた。

その様子を見て、初対面の時とは大違いねと目を細める。

――――フェリクス様は三人きょうだいの長男で、弟と妹がいらっしゃった。

元々、きょうだいが多い中で育った私は、二人と会うことを楽しみにしていたのだけれど、――――二人とも警戒心が強いタイプのようで、初対面時、クリスタは腕を組んで大きく後ろにふんぞり返っていたし、ハーラルトは姉の後ろに隠れていた。

けれど、たった2か月の間に、二人とも驚くほど私に懐いてくれた。

きょうだいと呼べる二人と仲良くできることは、母国の兄姉と離れて過ごす私にとってすごく嬉しいことだった。

二人も同じように感じているのか、頻繁に私の部屋を訪れてくれる。

今日にしても、ハーラルトはソファに座っている私の右隣にぴったりとくっつく形で座っているし、クリスタは私の左隣に密着する形で座っている。

「まあ、嬉しいこと。肌寒く感じていたから、二人にくっついてもらうと温かくていいわね」

にこにこと微笑みながらそう言うと、クリスタとハーラルトはまんざらでもない顔をした。

「さむい時はいつでも言ってね。ハーはあたたかいから、ひっついてあげるからね」

得意気に話をする4歳児は、確かに温かかった。

「ふん、私だってハーラルトと同じくらい温かいわよ」

むきになって張り合う7歳児も、間違いなく温かかった。

右手でハーラルトを、左手でクリスタを抱きしめた後、三人でくすくすと笑いながら、ハーラルトがもこもこの布で作ったバドのお家についての感想を言い合う。

やいやいと楽しく言い合っているうちに、私の肩の上に乗っていたバドが、お試しとばかりに布の家の中に入ると、一番に気付いたハーラルトが両手を叩いて喜んだ。

「わあ、バドさまがおうちを気に入ってくれたよ！」

その言葉通り、バドはくつろいだ様子で布の家の中で体を伸ばしていた。

……どうやらバドは、子どもが好きなようだ。

それを証するように、私の聖獣はいつだって、ハーラルトとクリスタには優しい対応をしてくれる。

私はバドに感謝の微笑みを向けた後、二人との会話に戻った。

「まあ、ハーラルト！　このお家は脱出口まであるわよ。ほら、ここところから逃げられるわ」

「えっ、それはしっぱいだよ。バドさまに出て行かれては困るから、ハーはてんじょうにしか入り口を作らなかったのに。あれえ？」

「あら、だったら簡単よ。ほら、この脱出口にどんぐりを詰めればいいんだわ。そうしたら、入り口はふさがるし、非常食にもなるから、いっせきにちょうよ」

その言葉通り、クリスタとハーラルトが脱出口にどんぐりを詰め始めるけれど、上手くいかずにどんぐりはころころと床に転がり落ちる。

ただそれだけのことが、三人で作業をしているとおかしなことに思われて、笑いが零れた。

ひとしきり笑い合った後、クリスタがきらきらと輝く瞳で私を見上げてくる。

「お義姉様がこの国に来てくれて、すごく嬉しいわ！　私、毎日がとっても楽しいの」

「まあ」

可愛らしい言葉に頬をゆるめていると、クリスタは顔を赤くして言葉を続けた。

「私もハーラルトも王族だから、侍女や騎士たちは主君としてしか扱わないし、役割の範囲でしかかかわらないわ。貴族たちも同様だけれど、彼らはさらにたちが悪くて、私たちから常に何かを引き出そうとしてくるから気が抜けない。だから、私たちを対等に扱える身分を持っている方も、何一つ奪い取ろうとしない方も、お義姉様が初めてだわ」

「ま、まあ、クリスタは常日頃から、そんなことを考えていたの？」

彼女の発言内容を聞いて、クリスタは立派な教育を受けているだけあって、年齢に相応しくないほど多くのものが見えるし、冷静に判断するのだわと驚く。

「クリスタの年齢ならば、毎日が楽しいと嬉しいだけで構成されていてもいいのに」

そうつぶやく私に、クリスタは朗らかな笑顔を見せた。

「ええ、お義姉様！　今では毎日が、楽しいと嬉しいでできているわ。これまでは、私たちをきちんと見て、話を聞いてくれる方なんて誰もいなかったけど、今はお義姉様がいてくれるもの！　そもそもお父様も、お母様も、お兄様もみーんな忙し過ぎて、一緒にいられる時間がほとんどないし」

クリスタの言葉に、その通りだわと頷く。

「確かにフェリクス様はお忙しいわ。私は公務を減らしてもらっているから、時間が取れて幸いね」

「まあ、お義姉様ったら、そんな話じゃないわよ！　お義姉様からしたら、私とハーラルトなんてただの子どもなのだから、相手にする必要なんて全くないのに、きちんと一人前に扱ってくれるし、大事にしてくれるもの。こんなこと初めてだから、すごく嬉しいわ」

そう言うと、クリスタは小さな腕を私のウェストに回してきた。

「私は言動がキツイ高飛車な王女だって言われていたし、ハーラルトは泣き虫で意志の弱い王子だって言われていたけど、お義姉様が優しく勇気づけてくれるおかげで、欠点が改善されてきたわ。そのことが、すごく嬉しい」

それから、クリスタは小さな頭を私の肩口にすりすりとすり寄せてきた。

「お義姉様と一緒にいると、私は毎日が楽しいし、自分がどんどん成長していくのが分かるの。どうかずっと、この国にいてね」

素直に好意を示してくるクリスタを、私はぎゅっと抱きしめる。

「まあ、もちろんだわ！　フェリクス様と結婚したから、私はもうスターリング王国の者なのよ。だから、この国が私の国だわ」

そう答えると、クリスタは抱きしめている腕に力を込めた。

私のドレスに押し付けられた彼女の口あたりから、うふふと抑えきれない笑い声が響いてくる。

そんな私たちを見て、ハーラルトがのんびりした声を上げた。

「ああ、よかった！　おねーさまが来てから、クリスタねーさまはハーを怒らなくなったんだよ。おねーさまがいなくなったら、クリスタねーさまは前のこわいねーさまに戻って、ハーをがみがみ怒ると思うよ」

「ちょ、ハ、ハーラルト、何てことを言うの!?」

ハーラルトの発言は、クリスタが内緒にしておきたかったことのようで、彼女は真っ赤になると弟の口を手で覆った。

そんな二人の様子を見たバドは、布の家に寝転がったまま尻尾をふりふりと振った。

平和だねーと思っていることが、伝わってくる。

私はバドに同意するため頷くと、可愛らしい弟と妹をぎゅううっと抱きしめた。

それから、私の弟妹が世界で一番可愛らしいわ、と考えたのだった。

# 10・宰相ギルベルト

「フェリクス様はどちらかしら？」

執務室を訪れたところ、フェリクス様が不在だったため、同じ部屋で作業をしていたギルベルト宰相に質問した。

私はクリスタとハーラルトとともに、作ったばかりの料理を持って、フェリクス様に差し入れに来たところだった。

専属侍女のミレナも、料理を詰めた籠を持って付いてきている。

私の質問を受けた宰相は、慇懃に腰を折ると丁寧な口調で答えた。

「陛下は火急の謁見が入りまして、玉座の間に移動されました」

「まあ、それはお忙しいことね。無理をされないといいのだけれど。……では、こちらを陛下にお渡ししてもらえるかしら。クリスタとハーラルトと一緒に作ったものだから、よろしければ夜食にどうぞ、とお伝え願える？」

私の言葉に従って、ミレナが兄である宰相に籠を手渡す。

すると、宰相は貼り付けたような笑みを浮かべてお礼を口にした。

「手作りのお料理をお持ちいただき、誠にありがとうございます。ですが、王妃陛下も殿下方もお忙しいでしょうから、今後はお控えいただきましても、いっこうに構いませんので」

「ふん、意訳すると、『こっちは忙しいんだから、料理ごときを執務室に持ち込むな』ってことね。お義姉様がどれほどお兄様のことを考えてお料理をしているか知りもしないで、一言で切り捨てようだなんて無礼もいいところだわ。お義姉様は気が弱いところがあるから、今の言葉を真に受けたらどうするつもりかしら」

私の左手と手をつないでいたクリスタが、不満の声を上げた。

「クリスタねーさま、その言い方はだめだよ。ギルのせいかくは悪いけど、30すぎているからなおらないよ。30すぎた人には何も言わないようにって、こーしゃくふじんが言っていたでしょ？」

私の右手と手をつないでいたハーラルトが、姉を注意する。

「ハーラルト殿下、私はまだ26でございます」

そんな4歳児に対し、宰相は明らかに顔をひきつらせて反論していた。

けれど、宰相の心情を読み取れていないハーラルトは、言われている意味が分からないとばかりに首を傾げる。

「うん、つまりほとんど30でしょう？」

宰相は片手を上げると、不自然な笑い声を上げた。

「は、は、殿下は算術の学習がまだまだのようですね。26と30は全然違います!!　たとえるなら、殿下の発言は私と毒蛇が同じだと言うようなものです」

「うん、同じだよねー」

のんびりとした声で肯定するハーラルトを見て、ミレナが感心した声を上げる。

「まあ、ハーラルト殿下の天然ぶりは最強ですね！」

ミレナの声色にハーラルトへの応援が交じっているように思われたため、私は驚いて尋ねた。

「ミ、ミレナ、あなたの兄が総攻撃を受けているのよ。助けないでいいのかしら？」

「問題ありませんわ。兄の性格が悪いのはその通りですし、立場が上がるにつれて兄を注意する者が減りましたから、よい機会です」

妹の言葉が聞こえた宰相は、ぎらりとした目でミレナを睨みつける。

けれど、ミレナは恐れることなく、叱るような声を上げた。

「お兄様、そろそろその節穴同然の目を見開いて、真実を見つめてくださいな！　フェリクス陛下がお迎えされたお妃様は、最上ですよ!!」

「……もちろん、私もそう思っているよ」

ギルベルト宰相は妹の言葉を肯定したけれど、その表情は明らかに言葉を裏切っていた。

薄々感じていたことだけれど、どうやら宰相は、私ではフェリクス様に不足していると考えているらしい。

彼の考えは納得できるものだったので、表明されていない宰相の考えに同意する。

「ギルベルト宰相、私ではフェリクス様に不足していると考えているのならば、その通りだと思うわ。もちろん、このままでいいとは思っていないから、今後は宰相の期待に応えられるよう精一杯頑張るから」

「ル、ル、ルピア様！　な、何てことをおっしゃるのですか!!」

私の言葉を聞いたミレナは、飛び上がらんばかりに驚いていた。

「ルピア様に不足しているところなど、一つもございません！　兄が偏屈で頑固なだけですから、相手にする必要はありません!!」

「でも、フェリクス様が素晴らしいということでは、宰相も私も意見が一致しているでしょう？　そして、彼に釣り合うようもっと頑張るべきだという考えは、私もその通りだと思うの。ギルベルト宰相、今後も私にご指導くださいね」

そう言いながら、宰相を見つめると……。

私の言葉が想定外だったのだろう。

ギルベルト宰相は珍しく表情を取り繕うことを忘れて、ぽかんと大きく口を開けていた。

執務室からの帰り道、ミレナは怒りが収まらない様子で、大声で独り言をつぶやいていた。

「信じられませんわ!!　たかだか宰相ごときの分際で、ルピア様をして『ご指導ください』と言わしめるなんて、不届き千万ですわ!!　ええ、本当に、世が世なら縛り首ですわ!!」

「……ええと、ミレナ。あなたは『ごとき』と表現したけれど、宰相は国で一番の行政職じゃないかしら？　ごときと言うには、大物過ぎるわよ」

恐る恐る意見を述べると、間髪をいれずに否定される。

「ごときはごときですよ。宰相ごときです!!」

「ミレナの言うとおりね。宰相ごときだわ」

「うんうん、ごときだねー」

クリスタとハーラルトも全面的にミレナに同意したため、数の力で負けることが確定した私は、それ以上逆らわないことにする。

そのため、沈黙を守っていると、ミレナが悔しそうな声を上げた。

「そもそも兄は熱心な『虹の女神』の信者のため、虹色髪を偏重するきらいがあるのです。そして、誠に勝手なことに、ルピア様がご婚約者に決まる前、複数色の虹色髪のご令嬢をフェリクス様のお相手にと考えていたのです。兄はまだ、その考えから抜け出せないでいるのですわ!!」

ミレナの言葉を聞いて、ギルベルト宰相の態度の理由を理解したように思う。

なぜならフェリクス様は幼い頃、1色の髪色だったためにとても苦労したのだ。

恐らく宰相はそのことを知っていて、だからこそ、彼のために複数色の虹色髪のご令嬢をお相手にしたいと考えたのだろう。

彼自身、あるいは、今後生まれてくる彼の子どものことを考えて。

たとえ虹色の髪に実質的な利益がないとしても、「価値がないもの」と言い切ることはできない。

なぜなら虹色の髪に希望を見出す人がいる限り、その髪色には価値があるからだ。

「ギルベルト宰相も、私も、『フェリクス様のために行動したい』という目的は同じだわ。だから、仲良くできると思うの」

兄なのだから、ミレナは本心ではギルベルト宰相が好きなはずよと思いながら、彼女をなだめる。

すると、ミレナは心底驚いたように目を見張った。

「ミレナの心情を言葉にすると、『ルピア様は何てお人好しなのかしら！　これは、私が付いていてないと大変なことになるわ』ってところね」

クリスタがつないだ手に力を込めながら、そう口にする。

「お義姉様はよく、大国ディアブロ王国の王宮で生き残れたわよね。びっくりするほど警戒心がないし、相手を良く考え過ぎるもの」

「えっ、まあ、確かに私に不足しているものはあるでしょうけど……そうね、ディアブロ王国では人に恵まれたのだと思うわ。そして、スターリング王国でもそう。クリスタにハーラルト、ミレナがいてくれるのだから」

そう笑顔で答えると、クリスタとミレナは疲れたようなため息をついた。

「これはダメだわ。びっくりするほどのお姫様だもの。……お義姉様、仕方がないから、私が守って差し上げますわ」

「私もです。不肖ながらこのミレナ、誠心誠意お仕えさせていただきます！」

意気込む女性陣とは異なり、ハーラルトはにこにこと笑っていた。

その笑顔を見ていると、私も楽しい気持ちになって、ふふふと声が出てしまう。

すると、そんな私を見たクリスタとミレナも笑い出した。

最後は、四人でくすくすと笑いながら廊下を歩いていたため、警備をしていた騎士たちから不審気に目を細められる。

そして、そんな私たちの言動についての報告を受けたフェリクス様は、「私の家族が楽しそうで何よりだ」と微笑まれたとのことだった。

# 11・虹の乙女

その日は珍しく、フェリクス様と一緒に夕食を取る予定になっていた。

とはいっても、貴族の方を招いての晩餐なので、あくまで公務の一環だ。

フェリクス様は執務室から直接向かわれるとのことだったので、晩餐室で合流する段取りになっていた。

彼はきっと晩餐会用に服を着替えるはずだわ、と考えた私は、これまでのフェリクス様の服装を思い浮かべながら、最大限の推測を働かせて「これだわ！」と水色のドレスを選ぶ。

けれど、私の推測能力は優れていなかったようで、フェリクス様が着用していた服は藍色に紫色の差し色を加えたものだった。

「ああ、全然違うわね。これではお揃いに見えるはずもないわ」

そう言いながら、がっくりと肩を落としたけれど、扉の外から覗き見たフェリクス様が楽しそうに笑っていたためびっくりする。

「まあ、フェリクス様が声を上げて笑われるなんて、滅多にないことだわ」

お相手は誰かしらと室内を見回してみると、晩餐室にいるのはフェリクス様に加えて1組のカップルだけだった。

テーブルの上にセットされているお皿の具合から、どうやら今日のメンバーは私を含めて4名のようだと理解する。

普段であれば10名程度で行う食事会に、たった2名しか呼ばないなんて、特別のお客様なのかしら、と私は首を傾げた。

そもそもフェリクス様は国王の立場を慮《おもんぱか》って、時間ぴったりに参加するのが常なのだけれど、今日は10分前にもかかわらず、既に晩餐室に到着している。

マントルピースの周りに集まって、仲が良さそうに談笑している様子を目にし、部屋に入りにくい気持ちになっていると、私に気付いたフェリクス様が扉口まで迎えに来てくれた。

「ルピア、とても綺麗な水色のドレスだね。よく似合っているよ」

そう褒めてくれたフェリクス様の笑顔がいつも通りだったため、ほっと安心する。

「ごめんなさい、遅くなってしまって」

「もちろんそんなことはない。私を初め、皆が早く来過ぎただけだ」

そう言うと、フェリクス様は今夜のお相手を紹介してくれた。

「こちらはバルテレミー子爵家のテオと、その妹のアナイスだ」

「初めまして、ルピア・スターリングです」

フェリクス様のアカデミーの同級生だと紹介されたテオは、橙色の髪をした穏やかそうな男性だった。

子爵の妹であるアナイスは、橙色をベースに赤と黄色のメッシュが入った髪色をしていたけれど、彼女の髪色に見覚えがあるように思われて記憶を辿る。

「……アナイスは、『虹の女神祭』で大地に聖なる水をお捧げした『女神の愛し子』の方ね。その節はご苦労様でした」

笑顔で彼女の行為をねぎらうと、アナイスはまんざらでもない表情をした。

「王族の方々を除くと、3色の虹色髪を持つのは私だけですから、毎年、お役目を務めますの。今年も無事にフェリクス王のお役に立つことができて、安心しましたわ」

そう言うと、アナイスはフェリクス様の腕に手を掛けて、正面から彼に微笑みかけた。

その気安い態度を見て、彼女とフェリクス様が親しい間柄であることが推測され、胸がどきりと跳ね上がる。

「アナイスはいつまでたっても子どものようだな」

フェリクス様は呆れた表情を浮かべると、彼女の手を自分の腕から外し、皆に座るよう促した。

その際、私の背に手を添えて席まで案内し、その後に自分の席に着いたので、テオが驚いたように目を見開く。

「これは驚いた！　フェリクス陛下が王妃陛下の着席を手助けするなんて！　いや、もちろんフェ

リクス陛下が不親切だと思ったことはないが、陛下は生まれながらの王族だからね。かいがいしく誰かの世話をするなんて、思いもしなかったよ！」

フェリクス様は澄ました表情で、テオの言葉を受け止めた。

「独身のテオに、私の気持ちが分かるはずもない。この会話の続きは、君が結婚した後に再開することにしよう」

「結婚したというだけで、先んじていると言わんばかりのその態度！　ああ、陛下、思い返せば、確かにあなた様はそのような方でしたよ!!」

そう言い返したテオと二人で声を上げて笑うフェリクス様の姿が、これまで見たこともないほど気安いものだったため、私はびっくりして目を丸くする。

すると、そんな私に気付いたフェリクス様が、声に出していない疑問に答えてくれた。

「先ほどはテオを同級生と説明したが……もちろん間違いではないが、友人と表現した方が的確かもしれないな。親友、あるいは悪友と呼んだ方が、より正確なのかもしれないが」

「まあ、フェリクス様の親友！」

国王であり、その前は王太子であったフェリクス様が親友を得ることは非常に難しく、貴重なことに思われる。

そのため、その関係は大事にすべきだろう。

私が夢の形でフェリクス様の生活を見続けていた際には、テオを見た覚えがなかったけれど、全てを覗き見ることができるわけではないので、貴重な情報をもらったと嬉しくなる。

興味深く話の続きを待っていると、フェリクス様は子爵の妹に視線を移した。

「とはいっても、先に知り合いになったのはアナイスの方だがな。見ての通り、彼女は3色の虹色髪を持っているが、複数色の虹色髪が発現するのは滅多にないことだからね。昔から色々な場で一緒になる機会が多かったのだ」

フェリクス様の説明を聞いたアナイスは、嬉しそうに微笑んだ。

❁　❁　❁

説明された話によると、現在、スターリング王国で3色の虹色髪を持つ者は、わずか3名しかいないらしい。

フェリクス様、フェリクス様の弟のハーラルト、それから目の前にいるアナイスだ。

そのため、アナイスは幼い頃から様々な行事への参加を求められ、フェリクス様と顔を合わせる機会が多かったようだ。

ちなみにアナイスは、フェリクス様より1歳年下の15歳とのことだった。

「貴族は虹色髪で生まれる場合が多いのですが、あくまで1色です。まれに2色の者が現れますが、そこが貴族の限界です。3色の虹色髪はこれまで、王族にしか現れたことがなかったのですから。

ですが、私は女神に選ばれて、３色の虹色髪を持って生まれてきたのです」

アナイスは高揚した表情で、とくとくと語った。

「それは素晴らしいことね」

彼女の言葉を肯定すると、アナイスはうっとりとした様子で続ける。

「私の誕生日には毎年、虹がかかるのです。そのため、髪の色も相まって、私は『虹の乙女』と国民から呼ばれていますす」

「まあ、それはこの国で最上の呼称だわ」

私は驚いてアナイスを見つめた。

この国では、誰もが『虹の女神』を信仰している。

だからこそ、呼称に「虹」と付加されることは最上の栄誉を意味するのだ。

素晴らしいことねと感心していると、アナイスはもったいぶった様子で頷いた。

「この国にとって、私の存在が大事なものであることは、間違いないでしょう。だからこそ、私の名付け親は、我が国有数の大貴族である前クラッセン侯爵なのです。もちろん、当主が代替わりした今も、現クラッセン侯爵には何くれとよくしていただいておりますわ」

クラッセン侯爵と言えば、ミレナの兄であるギルベルト宰相のことだ。

まあ、アナイスとギルベルト宰相は知り合いだったのねと考えたところで、ふと先日ミレナが言っていた言葉を思い出す。

『そもそも兄は熱心な「虹の女神」の信者のため、虹色髪を偏重するきらいがあるのです。そして、誠に勝手なことに、ルピア様がご婚約者に決まる前、複数色の虹色髪のご令嬢をフェリクス様のお相手にと考えていたのです』

私ははっとして、アナイスを見た。

……そうだ、彼女は3色の虹色髪をしている。

そして、国中を探しても、3色の虹色髪を持つ女性は彼女一人しかいないという。

さらに、アナイスは国民から『虹の乙女』と呼ばれており、宰相の父親が名付け親をしている。

つまり……ギルベルト宰相がフェリクス様の婚姻相手に、と考えていたご令嬢はアナイスなのだわ。恐らく、多分。

思いついた考えに呆然としていると、フェリクス様がからかうような声を掛けてきた。

「どうした、ルピア。私の髪色も3色で、見慣れていると思ったが、アナイスの髪の方が君の興味を引くのかな？」

「あ、え、ええ、美しい髪色ですね」

動揺しながらも、目に映るアナイスの髪は確かに神秘的で美しいわと返事をすると、フェリクス様はわざとらしく肩を落とした。

「そうか、アナイスの髪色に負けるようでは、私の髪はまだまだだな。王宮の侍女たちに、私の洗髪剤を変更するよう申し伝えておくとしよう。……ルピア、悪いね。我がスターリング王国の者のくせで、すぐに髪の話をしてしまうのだ。ただし、虹色髪以外の髪色の良さが分からないわけではないから、君の清廉な白い髪が素晴らしいことは、私だって理解している」

……フェリクス様はよく私を見てくれているわ。

そして、気分が落ち込んだ時に、的確な優しい言葉をくれる。今のように。

「フェリクス様、お優しい言葉をありがとうございます」

しみじみと口にすると、テオがぷっと噴き出した。

「これは、これは……失礼を承知で申し上げると、王妃陛下は何ともお可愛らしい方ですね」

「テオ、確かにお前の発言は失礼だ。というか、人の妻を勝手に褒めるんじゃない！」

「えっ、褒めたことで怒られるなんて、それは少し酷くないかな？　国王陛下ともあろう方が、何とも狭量な！」

仲の良いフェリクス様とテオが会話を引き取ったことで、場に明るい雰囲気が戻ってくる。

それから、話題は様々なものに移っていった。

「……その時、フェリクス王は拾った落ち葉を差し出してきたのですよ！　私はもう、どうすべきなのか困惑してしまって」

誰もがバランスよく様々な話を提供したけれど、アナイスは熱中するとついついフェリクス様とテオと三人で過ごした昔の話に終始しがちだった。

「アナイス、昔話ばかりが続くと、私の記憶力が試されている気持ちになる。そろそろ、話題を変えてくれ」

けれど、その場合には必ず、会話に入れない私のことを気遣ってか、フェリクス様が話題を変えてくれる。

そのことをありがたく思いながら、私はにこやかな笑みを浮かべて皆の話を聞いていた。

そうすることで、話の端々から、アナイスが幼い頃よりフェリクス様と多くの交流があったことが伝わってくる。

そして、二人が気の置けない間柄であることも。

その時ふと、もしかしたらアナイスは、ギルベルト宰相が彼女をフェリクス様の婚約者にと考えていたことを知っていたのかもしれないと思い至った。

そうだとしたら、ぽっと出の他国の王女が彼と結婚したことを、アナイスが不満に思ったとしても不思議ではない。

……そうだ、私は忘れてはいけないのだ。

色々な方が色々な気持ちでフェリクス様のことを思っていることを。

そして、その思いは、私がこの国に嫁いで来るずっと前からのものなのだから、私は彼らの気持ちを大事にしなければならないのだ。

幸いにも私は今、フェリクス様の隣に立つことを許されているのだから、――――精一杯フェリクス様のためになるよう頑張っていこうと、私は改めて自分に誓ったのだった。

# 12・夫とデート

結婚して4か月が経過した。

日々思うことは、私は何て素敵な国に嫁いできたのだろうということだ。

フェリクス様はいつだって思いやりに満ちているし、クリスタとハーラルトは可愛らしい。

そして、侍女や料理人、騎士の皆は私によくしてくれる。

ガーデンテーブルで紅茶を飲みながら、私は私の膝の上で寝そべっているバドに同意を求めた。

「ねえ、バド、私は本当に素晴らしい国に嫁いできたと思わない？」

けれど、私の言葉を聞いたバドは、『それはどうかな〜』とばかりに尻尾を振った。

「結論を出すのは早計じゃないかな。ルピアは『身代わりの魔女』だから、必ず身代わりになる時がくるよね。問題は、その時にルピアが同じ言葉を言えるかどうかだよ」

「ごふっ」

できるだけ目をそらそうとしていた本質を突いた答えに、紅茶を喉に詰まらせる。

私は口から紅茶を吐き出さないよう、慌てて手で口元を押さえたけれど、バドは気にした様子もなく言葉を続けた。

「元々魔女は、不幸を背負っている人に魅かれる傾向があるからね。『身代わりの魔女』としての出番が必ずくるんだ。命にかかわるほどの病気や怪我をして、そこから救われた君の夫が何を思うのか。いずれにせよ、これまでの価値観は引っくり返るだろうね」

「ま、まあ、バドったら脅かさないで！」

もう少し心穏やかになる言葉を発してくれないかしらと、機嫌を取るようにバドの背中を撫でたけれど、私の聖獣は素知らぬ様子でぴんとひげを伸ばした。

「僕は心積もりを説いているだけだよ。そもそもなぜ僕が、ルピアとともに生まれてきたと思う？　聖獣である僕の力が必要になるから、神様は君の手の中に僕をお与えくださったのさ。恐らく、今後の君の人生において、君一人の手に余る事態が発生するのだろうね」

「それは……ごもっともな話だわね。聖獣様、どうぞよろしくお願いしますわ」

そう答えながらも、私はこのまま平穏無事な毎日が続いてくれればいいなと思っていた。

本当はバドの言う通り、いつか身代わりになる日がくることは分かっていたけれど。

なぜなら『予知』とまではいかないまでも、魔女にはお相手の不幸を先読みして、だからこそ相手に選ぶところがあったからだ。

けれど、心配して過ごしても、笑って過ごしても、迎える未来が同じならば、笑って過ごそうと私は決めていた。

そのため、できるだけ楽しいことを考えて、フェリクス様の前では笑って過ごしていたのだけれど、一方では、国境沿いで不穏な動きがあることを承知していた。

――この国に嫁ぐ際、周辺諸国との関係について学んだ知識が頭をよぎる。

隣国との国境沿いにある鉱山からは、貴重な鉱物が採取できるらしい。

そのため、ここ数十年の間、スターリング王国と隣国ゴニア王国は、国境の位置を巡って争いを繰り返していた。

その事実に加えて、ゴニア王国では急激に土地が痩せてきており、肥沃なるスターリング王国の国土を欲しているとの黒い噂が出回っていた。

私はふと、最近、フェリクス様の執務室を訪問した際、彼が不在にしていたことが何度かあったことを思い出す。

宰相は緊急の謁見が入りました、と毎回答えていたけれど、あれはゴニア王国に関する報告を受けていたのではないだろうか。

フェリクス様が国境問題について私に話をすることはなかったため、私もそのことに触れることなく、知らない振りをして過ごしていたけれど、……ものすごく忙しいはずのフェリクス様から、今日の午後は一緒に過ごそうと誘われていた。

そのことが、何らかの不吉な予兆のように思われ、落ち着かない気分を味わう。

なぜなら母国にいる父と兄が、似たような行動を取っていたからだ。

つまり、何事かの問題が発生すると、私にそのことを隠そうとして、普段よりも優しくなったり、私と過ごすための時間を作ったりしていたのだ。

「まさかね、まさかだわ」

私はそうつぶやくと、自分を落ち着かせるために再びバドを撫で回し、結果としてバドから嫌な顔をされたのだった。


——そして、午後。

約束通り、フェリクス様は時間を作り、私とともに過ごしてくれた。

彼は私が病弱だと思っているので、できるだけ室内で過ごさせようとする傾向がある。

そのため、本日は王宮に呼び寄せた楽団を前に、二人でゆったりとソファに腰掛けて音楽を鑑賞していた。

私はソファに座ったまま両手を組み合わせると、できるだけ目の前の演奏に集中しようとする。

けれど、どうしても隣に座っているフェリクス様を意識して、不規則に心臓がどきどきと高鳴り出した。

ちらりと横目で見たフェリクス様が真顔で演奏を聴いている姿を見て、素敵だわと思う。

フェリクス様は笑顔がとっても素敵だけど、やっぱり真顔もいいわね、と。

それから、長い指を顎にかけている姿を見て、ああ、指の形も理想的ねとうっとりしたところで、はっと気を引き締めた。

ダメだわ、フェリクス様の何を見てもうっとりしてしまう。

このままでは演奏に集中できないし、心臓ももたないから、ちょっと冷静になるべきだわと、無理やり視線を楽団に戻す。

それから、片手を胸に当てて落ち着こうと深呼吸をしていると、どういうわけかフェリクス様がその手を握ってきた。

「……はいっ？」

思ってもみない行為に驚いて、思わずフェリクス様に顔を向ける。

けれど、フェリクス様は素知らぬ様子で楽団を見つめ続けていた。私の手を握ったまま。

……いえ、もちろんフェリクス様は夫だから、触れられても問題ないのだけれど、どうして今、手を握る必要があるのかしら？

自分でも心臓がおかしくなくらいに高鳴り出したのを感じ、これ以上は耐えられないと考えた私は、えいっとばかりに自分の手を引き抜こうとしたけれど、全く引き抜くことができなかった。

え、どうして、と思って摑まれた手を見下ろしていると、フェリクス様が私の耳元に口を近づけ、小さな声でささやいた。

「ルピア、お行儀が悪いよ。せっかく演奏してもらっているのだから、大人しく鑑賞しないと」

「お、お行儀が悪いって……、そ、それは、フェリクス様じゃないの！」

思わず言い返すと、フェリクス様は不思議そうに首を傾けた。

「どこがだい？　私はただ妻の手を握っているだけだよね？　君を膝の上に乗せているわけでも、君に抱き着いているわけでもないのだから」

「そ……、や……」

より破廉恥な行為を引き合いに出され、それと比べたらましだから、この行為は行儀が良いと断じる論法はどうなのかしら!?

納得がいかない気持ちで、顔を真っ赤にしていると、肩の上にいたバドがぺしぺしと尻尾を叩きつけてきた。

「えっ？」

それは、私が間違っていると言いたい時のバドの合図だ。

まあ。ということは、手を握ったまま演奏を鑑賞するのは、おかしな行為ではないということなのかしら。

正解が分からなくなった私は、仕方なくフェリクス様に手を握られたまま、演奏の続きを鑑賞した。

けれど、それ以降は握られた手に意識を取られ、演奏内容は全て私の耳を通り過ぎていったのだった。

✿
✿
✿

「いい演奏だった」

演奏終了後、フェリクス様が楽団のメンバーに称賛の言葉を贈ると、彼らは大袈裟なくらいに深く頭を下げ、恐縮した様子で部屋から出ていった。

残されたフェリクス様と私のもとに、すかさず新しい紅茶とお菓子が差し出される。

そういえば喉が渇いていたのだわと気付き、やっと離してもらえた手でカップを摑むと一気に飲み干した。

それから、何か話題を作らないと、と考えてお皿に並べられていたクッキーを口に運ぶ。

「フェリクス様、このクッキーはとっても美味しいわ。さすが王宮のクッキーね」

努めて朗らかな口調で感想を述べると、フェリクス様は頷いた。

「ああ、君が卵全体でなく、卵黄部分のみを使用するといいとアドバイスをしてから、王宮のクッキーは各段に美味しくなったな」

まあ、どうしてそんな細かい話を知っているのかしら。

「そ、それはディアブロ王国の作り方を示しただけだわ」

まさか知られているとは思わなかったので、……だとしたら、頻繁に彼に差し入れていた木の実入りクッキーが、私の手作りだということまでバレているのかしらと心配になり、あわあわと答えると、フェリクス様は小さく微笑んだ。

「ルピア、全てを種明かしする必要はないから、ここは私に褒められて微笑んでいるべき場面だよ。そもそも王女であった君が、クッキーの材料を知っていること自体、称賛に値することなのだから」

「い、いえ、それはさすがに」

否定しようとすると、フェリクス様から片手を上げて遮られる。

「少なくとも、私にとっては驚くべきことだったよ。普段は無口な料理長が、わざわざ君からクッキーの斬新な調理法を教わったと私に伝えに来るなんてね。……彼はそんなタイプではなかったのに、何としても君の手柄なのだと伝えたかったのだろう。たった数か月で料理長を変えてしまうなんて、本当に魔法のようだな」

「…………」

料理長は無口ではないし、そして、確かに私は魔女だけれど、人格を変える魔法は使えないわと考えていると、フェリクス様は小さく微笑んだ。

それから、申し訳なさそうな表情を浮かべる。

「ルピア、私は一つ告白……というか、懺悔をしてもいいかな？」

「懺悔、ですか？」

フェリクス様は何か悪いことをしたのだろうかと、驚きながらも頷く。

すると、彼は言葉を選ぶかのように少し間を置いてから口を開いた。

「実は、君に会うまで、私は『ご令嬢』についての固定的なイメージを抱いていて、程度の差こそあれ、皆そのイメージに当てはまるものだと考えていた。つまり、ご令嬢というものは、侍女の手作りだろうが、従僕の作品だろうが、全て自分が作ったのだと口にしてはばからず、『あなたのために』と好意を押し付けてくるものだと。さらには、微笑むことで上手に父親や夫を操り、自分の思い通りに物事を動かすものだとね」

「まあ」

微笑むだけで、フェリクス様を操ることができるのですって？

それこそ、どこの魔女の話かしら。

びっくりして目を見開いていると、フェリクス様は苦笑した。

「ああ、今となっては馬鹿げた思い込みだと思う。一つ言い訳をさせてもらうと、これまで私が目にしてきたご令嬢方は、皆そのようなタイプばかりだったのだ。……私は自ら女性に近寄っていかないので、私に近寄ってくるご令嬢方が、そのようなタイプだっただけかもしれないがね。だが、私は君に会って意見を変えた。私が知らなかっただけで、君のように深い愛情を与えてくれる女性もいるのだと理解したのだ」

「えっ」

何だか素敵な言葉をフェリクス様から言われた気がするけれど、ドキドキし過ぎて、言葉の意味を上手く理解することができない。

真っ赤になって胸元を押さえていると、フェリクス様が話を続けた。

「始まりは政略結婚だったが、今ではこの出会いに感謝している。私にとって君以上の妃はいない。だからこそ、これまで偏見を持って君に接していたことを、大いに反省している。ルピア、本当に申し訳なかった」

そう言うと、フェリクス様は深く頭を下げた。

「えっ！　い、いいえ、私がどのような相手かよく分かっていなかったのだから、当然のことだわ」

幼い頃からフェリクス様をずっと見てきた私と、結婚式で初めて私と顔を合わせた彼とでは、結婚相手に対する情報量が全く異なる。

私がどのような人物なのか分からない以上、身構えるのは仕方がないことだろう。

「だが、君は初めから私を受け入れてくれていた。君と比べると、私の態度は何て酷いものだったのだろうと、自分が恥ずかしくなるよ」

しょんぼりと肩を落としてうなだれている彼の姿を見ると、申し訳ない気持ちが湧き起こる。

「い、いいえ、それは…………、じ、実は、私は幼い頃からフェリクス様のことを、ちょっと、少し、毎日くらい、覗き見ていたのです。だから、よく知っているのです。ごめんなさい。すみません」

反省しているフェリクス様の姿を見て、彼を騙しているような気持ちになり、黙っていようと決めていた行為を告白してしまう。

すると、フェリクス様は不思議そうに尋ねてきた。

「嫁ぎ先候補である私の人となりを調べるため、間諜を忍び込ませていたということ？」

「ええっ!?　い、いいえ、もちろん違います！　そうではなくて、魔女として、お相手の夢を毎晩見ていたのです」

必死になって答えると、フェリクス様は一瞬ぽかんとした後、おかしそうにくすくすと笑い出した。

「これはまた、……思ってもみないほど可愛らしい話に切り替わってしまったな。君の夢に出てきた私が、お行儀良くしていたのならばいいのだけど」

それから、彼は笑いを収めると、甘さを含んだ視線で見つめてきた。

「ルピアは優しいね。君への態度が悪かったと謝罪したため、気にしないようにと気遣ってくれたのだね」

その言葉から、どうやら私の言葉は冗談だと思われていることに気付き、真剣な表情で訴える。

「フェリクス様、私があなたに嘘を言うことはありません。絶対に、何があろうともです。ですから、あなたをずっと夢で見てきた話は本当です。それも魔女の能力の一つなのです」

「……うん、嘘がない関係というのはいいね。私も君には絶対に嘘をつかないことを約束しよう」

フェリクス様は私の手を握ると、額がくっつくほど顔を近付けてきた。

「先日、私にとって意味のある日に必ず虹がかかるため、私は『虹の女神』に愛されていると感じることができるとの話をしたよね。実は、あの話には前段があって、幼い頃の私は1色の髪だったのだ。次の機会には、その話をしよう。君の同情を引ける話だと思うので、少しは私を憐れんで、これまでの態度を大目に見てもらえるかもしれないからね」

彼は軽い調子でさらりと口にしたけれど、――それは、彼の生き方を変えた、重要で重い話のはずだ。

そんな大事な話を、私と共有してもいいとフェリクス様が思ってくれたことに目頭が熱くなる。

「フェ、フェリクス様……」

「おや、『同情を引ける話』と聞いただけで、涙目になるのかい？　君は私が思っているより何倍も、感受性が強いのだね。うん、だが、話は次回だよ。私の態度が悪かったのは事実だから、しばらくは君から冷遇されるべきだと思うからね」

悪戯めかしてそう言ったフェリクス様に、思わず笑いが零れたけれど――その「次の機会」が訪れることはなかった。

なぜなら次の機会よりも早く、隣国ゴニア王国との開戦の火ぶたが切られたからだ。

# 13・開戦

それはスターリング王国の歴史上、何度も繰り返された争いだった。

隣国ゴニア王国との国境沿いにある鉱山が貴重な資源を含有しているため、両国ともに理由を付けては有利な国境線を描きたがったからだ。

そして、今回はゴニア王国が動いた。

突然、この鉱山全てはゴニア王国の領土であると宣言すると、スターリング王国領土へ攻め込んできて、鉱山一帯を占拠したのだ。

その際、鉱山に常駐させていたスターリング王国兵士の血が多く流れた。

――攻め込まれた直後は錯綜していた情報も、時が経つにつれて整理され、正確なものが王宮に報告されるようになる。

詳細な情報がもたらされるにつれ、王宮は「応戦」という意思一色に塗りつぶされていった。

誰もがゴニア王国の暴挙を許せないものだと感じ、不意打ちで討たれた我が国の兵士たちの報復を望む声が、日に日に大きくなっていったからだ。

それらの動向をはらはらした気持ちで見守っていたけれど、私にできることは何もなかった。日が経つにつれてぴりぴりしてくるフェリクス様を、ただ黙って見守ることしかできない。

最近では、フェリクス様が私室に戻ることもなくなったため、心配してミレナに尋ねたところ、執務室の隣にある部屋で仮眠を取っているとのことだった。

国王直属の兵だけではなく、各諸侯たちも自前の兵士を揃えてぞくぞくと王都に集結し始める。

その数はどんどん膨れ上がり、磨き抜かれた剣を携えた兵士たちの姿を目にした私は、もうこの流れは止められないのだと思い知らされた。

高まる不安とともに落ち着かない日々を送っていると、ある日、先ぶれもなく突然、フェリクス様が私の私室を訪ねてきた。

久しぶりに目にした彼は、見て分かるほどに憔悴していたけれど、瞳だけは意志の強さを表すようにぎらぎらとした光を放っていた。

その決意に満ちた表情を目にし、言葉を発せないでいると、フェリクス様は端的に決定事項を口にした。

「ルピア、私が戦場に出る」

「……はい」

覚悟はしていた。

なぜならスターリング王国では慣習的に、必ず王が戦場で陣頭指揮を執ることになっていたからだ。

私が続けて発言することを、フェリクス様は待っている様子だったけれど、言えることは何もなかった。

そのため、口をつぐむ。

けれど、心の中では、このような状況になってもまだ私のことを気にしてくれ、私が吐き出す弱音を受け止めようとしてくれている彼の優しさに心打たれていた。

私に発言する意思がないことを見て取ったフェリクス様は、考え考えといった様子で言葉を続ける。

「……先日、一緒に音楽を楽しんだ際、幼い頃の私は1色の髪色だったという話を、次の機会にすると約束したね」

「ええ」

「その次の機会を、……戦から戻った時に設定しても、いいだろうか？」

それは、間違えようもない帰還の約束だった。

「ええ、お戻りをお待ちしているわ」

短くそう答えると、フェリクス様は名状しがたい表情を浮かべた。

それから跪《ひざまず》いて私の手を取ると、まるで騎士が貴婦人に誓約をするかのごとく、自らの額に押し当てた。

「……ありがとう。君がそう言ってくれると、私は何としてもこの場所に戻ってこなければならないという気持ちを持てる。……約束しよう。私は必ず君のもとへ帰ってくると」

その厳かとも表現できるような真摯な態度を目にしたことで、状況が思っていた以上にひっ迫していることを理解する。

声を出せる気がしなかったので、私は無言のまま頷いた。

すると、フェリクス様は立ち上がり、何かを躊躇している様子を見せた後、言い辛い言葉を口にするためにごくりと唾を飲み込んだ。

それから、慎重に言葉を発する。

「ルピア、……一つだけ、私の頼みを聞いてもらえないか？」

「ええ、もちろんだわ」

これから戦場に出る彼の頼みであれば、何だって受け入れようと考え、要望を聞く前に返事をする。

すると、彼は緊張した様子で口を開いた。

「私が戦場に出ている間は、ディアブロ王国へ戻っていてほしい。君が遠く離れた母国で安全に暮らしていると分かれば、私の心配事はゼロになり、戦に集中できるから」

思ってもみない内容だったため、既に受諾の返事をしていたにもかかわらず、否定の言葉が衝いて出る。

「いえ、それは無理だわ！　私だけが安全な遠地にいることなど、できるはずがないもの!!」

フェリクス様は私の両手を強く握りしめると、分かっているとばかりに大きく頷いた。

「もちろん君の気持ちはよく分かる。だが、今回だけは、私の気持ちを尊重してほしい。そして、私が後顧の憂いを失くす手助けをしてほしい」

「…………」

咄嗟に返事をすることができず、無言のまま彼を見上げる。

すると、彼は切々と言葉を続けた。

「それに、私には君が戦火に巻き込まれること以外の心配もあるのだ。……君も気付いているだろうが、この国は『虹の女神』を信奉するあまり、虹色の髪を持たない者を嫌悪する輩《やから》が一定数存在する。あるいは、君が我が王国の生まれでないというだけで、気に入らない輩が。私が君の隣にいて、睨みを利かせている間はそれなりに大人しくしているだろうが、私が王宮を不在にした途端、彼らは君に対して失礼な態度を取り始めるだろう」

フェリクス様の心配は理解できた。

なぜなら実際に、パーティーや茶会などで、私の髪色や私の母国について、同席した貴族からちょっとした嫌味を口にされたことが何度かあったからだ。

けれど、どういうわけか、私に嫌味を言った貴族たちを二度と目にすることはなかったため、そのことを不思議に思っていたのだけれど、今、その理由が分かった。

恐らく、私を警護していた騎士たちがフェリクス様に報告を上げ、フェリクス様が報告された貴族たちを私の周りから遠ざけてくれたのだ。

知らないうちに彼から守られていたのだわ、と感謝の気持ちを覚えると同時に、そのように私を守ってくれた彼ならば、私が一人王宮に残った場合、様々に心配するかもしれないと考える。

「彼らの考えを変えられなかったのは、私の不徳の致すところで、君がその結果を被る必要は一切ない。ルピア、……私はね、どうにも君のことだけは気に掛かるのだ。執務室に留め置かれ、ただ一日中戦火の状況を確認していた間も、ふとした時に君が心細い思いをしていないかと気になっていたのだから。どうか母国に戻って、そこで私を待っていてくれないか……私のために」

フェリクス様の懇願するような表情を見た私は、これ以上この国に残ると言い張ることは、私の我儘かもしれないという気持ちになった。

それに、もしも彼の希望に反して私がこの国に残ったことで、彼が戦場で集中力を欠き、何らかのダメージを負ったとしたら、私は一生後悔するだろう。

「……分かりました。ディアブロ王国で、あなたのお戻りをお待ちしているわ」

私はその一言を、やっとの思いで絞り出した。

私の言葉を聞いたフェリクス様は、心から安堵したような表情を浮かべる。

それから、今日初めての微笑みを浮かべた。

「私の頼みを聞いてくれてありがとう。では、……行ってくるよ」

彼の表情を真似て、私も微笑みを浮かべようとしたけれど、私の意思に反して浮かんだのは涙だった。

さらに悪いことに、その涙がぽろりと一筋、頬を流れ落ちる。

「……はい、行ってらっしゃいませ」

フェリクス様はゆっくりと手を伸ばしてくると、私の頬を両手で包み、流れる涙を唇で吸い取った。

それから、わななく私の唇に彼の唇を重ねる。

「ルピア、私は戻ってくるよ。君がいてくれるから……戻る理由を、君が作ってくれたから」

その言葉を聞いて、ぽろぽろと止まらない涙を零す私を、彼は黙って抱きしめてくれた。

――それから2日後、フェリクス様が王都を発つ姿を見送った後、私はディアブロ王国へ戻ったのだった。

# 14・身代わりの魔女の役割

面倒見のいいことに、フェリクス様はディアブロ王国へ事前に連絡を入れてくれていた。

そのため、出迎えてくれた家族から、里帰りの理由を聞かれることはなかった。

むしろ、誰もが不自然なまでにフェリクス様の話をせず、当たり障りのない話に終始する。

私は黙って彼らの話を聞いていたけれど、全ての言葉は耳を通り過ぎていき、私の中に残ることはなかった。

まるで夢の中にいるような心地で、ただやり過ごすだけの日々。

つい数か月前まで私はこの国にいて、家族と一緒に幸せに暮らしていたのに、わずかな間に全てが変わってしまった。

優しい家族も、美味しい食べ物も、慣れ親しんだ部屋も全て以前通りなのに――フェリクス様がいないだけで、私は幸せだと思えないのだ。

私の落ち込んだ気持ちを感じ取ったのか、バドは珍しく毒舌を吐くことなく、ずっと側にいてくれた。

私の気分に比例するように食欲が減退したけれど、兄と姉たちから食事の時間には必ず椅子に座らされ、きちんと食事を取ることを強要される。

それでも食欲がなかったので、見逃してもらえないかと姉の表情をうかがうと、絶対に残させないとばかりに迫力ある表情で見つめ返された。

そのいかにも家族らしい強引な態度に、無意識のうちに笑いが零れる。

「ふふ、お兄様もお姉様も強引です。これがフェリクス様ならきっと、無理矢理に何かを強要することはないはずです」

「……そうか」

「そうね」

通常であれば、私を遠い国へさらっていった張本人であるフェリクス様に何なりと文句を言いたい兄と姉から反論の言葉が出る場面だったけれど、誰一人私の言葉を否定することはなかった。

そのことが、この後に不幸なことが起こるのだから、優しくしておこうと考えられているようで、不安を掻き立てられる。

「フェリクス様は必ず戻ってきます。そう私に約束してくれたのですから」

自分に言い聞かせる意味も込めて言葉にすると、兄から即座に肯定された。

「もちろん、そうだろう」

それから、兄は幼子を相手にしているかのように頭を撫でてくれた。

――――そんな風に、毎日は穏やかに過ぎていった。

フェリクス様が戦場にいることを思えば、私がゆったりと毎日を過ごしていることに申し訳なさを覚えたけれど、この状態が彼の望みなのだと自分に言い聞かせる。

そして、毎日、毎日、起きて、ご飯を食べて、フェリクス様に手紙を書いて、寝て……と同じことを繰り返していたある日、突然――――体中の体温が一気に下がったような感覚に襲われた。

その時、私は私室にいて、窓の側に立って外を眺めていたのだけれど、突然の冷えた感覚に体が硬直し、がくりと両膝を床に落とす。

「ルピア!?」

バドの声を遠くに聞いたように思った直後、私の世界から一瞬にして音が消え去った。

視界も黒一色に塗りつぶされる。

「…………」

突然の常ならざる事態に、私は無言のまま目を見開くと、暗闇を見つめた。

すると、その真っ暗な闇の中から、一つのシルエットが浮かび上がってきた。

――――それは、会いたくて会いたくてたまらなかった、フェリクス様の姿だった。

彼は戸外にて簡易な椅子に座り、手元の書類に目を通していたけれど、何かに気付いて、弾かれたように立ち上がった。

そして、振り返った瞬間、後ろから突き出された剣に肩から左胸までを一気に切られた。

その刃はすぐに引き抜かれたものの、フェリクス様からどっと鮮血が飛び散る。

「……っ！」

私は両手で口元を押さえると、必死で叫び声が漏れるのを抑えた。

彼の傷は見て分かるほどに酷いもので、そのまま倒れ伏すかと思われたけれど、フェリクス様はぐらりと傾いた体を持ち直すと、傷口に構うことなく走り出した。

後ろから敵兵が迫ってきているようで、一心に走っている。

不運なことに、フェリクス様の目の前に迫るのは切り立った崖で――後ろから突き出された新たな刃から逃れるため、彼は真下を流れる川の中へ飛び降りた。

その時になって、やっと駆け付けたフェリクス様の部下たちが、大声で何かを叫んでいる。

彼らの半数は迫りくる敵兵を切り捨てていき、残りの半数はフェリクス様に続くように崖から飛び降りていった。

けれど、川の流れは速く、フェリクス様は既に遥か先まで流されていて、後に続いた部下たちが追いつけるとはとても思えなかった。

私はうるさい程に騒ぎ出した心臓部分の服をぎゅっと握りしめると、震える声で私の聖獣を呼ぶ。

「……バド」

すると、バドは一瞬にして、私の肩の上に現れた。

「僕はここにいるよ、ルピア」

「フェリクス様が、怪我をしたの！」

たったそれだけの言葉を口にしたことで、はあはあと息が切れる。

「分かった。では、彼のもとに君を送ろう。なるほど、対象者のもとへ魔女を運ぶのが役目とは言え、これは距離がある。僕が選ばれるはずだな」

バドはそう言うと、私の肩の上でぴんと両耳を伸ばした。

それから、ぶわりと体中の毛を逆立てると、古代の言葉を一言だけ口にする。

《**転移！**》

次の瞬間、私は私室にいた時の体勢のまま、見たこともない森の中に移動していた。

ほんの一瞬のうちに、バドがフェリクス様のもとまで私を運んでくれたのだ。

私は素早く立ち上がると、周りを見回す。

すると、数十メートルほど先の川岸に、フェリクス様が横たわっている姿が目に入った。

「フェリクス様！」

走り寄りながら、大きな声で名前を呼んだけれど、彼はぴくりとも反応しなかった。

近づくにつれ、彼の服が鮮血で真っ赤になっているのが見て取れる。

私はもつれそうになる足を必死に動かすと、彼のもとまで走り寄った。

「はあ、はあ、フェリクス様……」

荒い息の間に名前を呼ぶけれど、地面に横たわった彼はやはり目を瞑ったままで、返事をすることはなかった。

「フェリクス様？」

最悪の事態を想像した私は、必死になって横たわっている彼の体に手を伸ばした。

震える手を近付け、意識がなくぐったりとした体に触れると、わずかに上下している胸の動きが感じ取れる。

「……フェリクス様、よかった……」

彼が生きていることを確認でき、安堵のあまりつぶやいた瞬間、私を中心に魔法陣が展開され始めた。

失われた古代の文字が、まるで模様のごとく出現し、円陣を描くように形成されていく。

一見しただけでも、フェリクス様が負った肩口から左胸にかけての深い切り傷が致命傷であることは見て取れた。

次々に新しい血が流れ出ており、彼が川から上がって僅かな時間しか経っていないはずなのに、横たわっている草一面が赤く染まっている。

彼の命が流れ出て、その終わりを迎えようとしていることは明らかだった。

私は私の肩口に留まっている、小さなお友達に声を掛ける。

「バド・ラ・バトラスディーン！　力を貸して!!」

「……もちろんだよ。正式な名を呼ばれては、従わないわけにいかないね」

普段とは異なる真面目な声で返事をすると、肩口で丸まっていたリスのように見える生き物はふわりと空中に浮き上がった。

それから、一瞬にして何倍もの大きさに膨れ上がると、全く異なる形をとった――古き時代に生息していたと言われている、大きくて美しい古代聖獣の姿に。

**《魔法陣、立体展開・天！》**

バドが古代の言葉を唱えた瞬間、魔法陣から上空に向かって光が立ち上った。

そしてその光はフェリクス様の体に触れた途端、上空に向かうのを止めて彼の体を包み始める。

私は一心にフェリクス様を見つめると、天に向かって両手を伸ばし、契約の声を上げた。

**「さあ、古《いにしえ》の契約を執行する時間よ！**

**身代わりの魔女、ルピア・スターリングが贄《にえ》となりましょう！**

**不足は認めないわ！**

**フェリクス・スターリングの傷よ、一切合切躊躇《いっさいがっさいちゅうちょ》することなく、私に移りなさい!!」**

――その瞬間、私とフェリクス様はつながり、一致した。

体が、魂が、傷が一致し――そして、その一瞬の間に、彼の全ての傷は私の体に移る。

「…………ああああああ!!」

刹那、心臓に鋭い痛みが走った。

痛くて、痛くて、痛くて、痛くて、それ以上は声も出せない。

咄嗟に奥歯を噛み締めるけれど、とても我慢できるような代物ではなかった。

……痛い、痛い、痛い!!

目の前が赤く染まったような感覚に陥り、この痛みから逃れることしか考えられない。

ああ、フェリクス様はこんな痛みに耐えていたのか。

これほどの痛みを抱えながら、落ちた川からこの岸まで這い上がったのか。

――生きたい、との望みとともに。

だとしたら、その望みを叶えるのが『身代わりの魔女』の役目だ……。

「かは……っ!」

けれど、彼を救いたいという私の意志を嘲笑うかのように、大量の血が口から零れ落ちる。

想定していたよりも、何倍も傷が深かったようだ。

……まずいわ。

激痛の中、必死で頭を働かせる。

この場所に助けが来るまで、どれほどの時間が掛かるのだろう。

フェリクス様の傷は消えたけれど、彼は意識を失っているため、次に目覚めるまでどのくらいの時間が掛かるか分からない……私を助けることができるようになるまで。

そもそも私は『身代わり』で死ぬことはないけれど、それも適切な処置がなされてこそだ……。

このような人里離れた森の中にいる私たちを探し出してもらうまで、どのくらいの時間が掛かるのだろう。

ましてや、適切な処置が開始されるまで……。

そう思考を深めようとするけれど、痛みで立っていられなくなり、地面に崩れ落ちる。

――けれど、崩れた体は草の感触を味わう前に、ふわふわとした温かいモノに支えられた。

「致命傷だよ、ルピア。この傷でこの場に倒れ伏し、救助が来るのを待つことは、死を選択することと同義だ。……僕の城に招待しよう。そこでこの傷を治すんだ」

痛みで意識が朦朧としている私の耳に聞こえてきたのは、バドの声だった。

けれど、意識が混濁してきて、彼が何を言っているのかを理解することができない。

「君は何も選ぶ必要はない。なぜならこれが君の命をつなぐ唯一の方法なのだから、生きるためには他に選びようがないからね」

その声を最後に、私の意識は真っ暗な世界に呑み込まれた。

――そして、私の体もこの世ならざる空間に……聖獣《陽なる翼》《バド・ラ・バトラスディーン》の城に呑み込まれたのだった。

✿
✿
✿

魔女は眠り続けることで、己の身に引き受けた怪我や病気を治癒することができる。

ただし、眠っている間、魔女の時間は動くことがないため、眠った分だけ周りの人たちと時間的な差が開いてしまう。

だから、できるだけ早く目覚めることが肝要だけれど、焦りは禁物だ。

なぜなら契約に基づいて神様の力を借りることができるのは、眠っている間だけだからだ。

もしも治癒の途中で目覚めてしまったら、怪我であれば傷痕が残ってしまうし、病気であれば症状が残ってしまう。

そうなると、他の人々と同じように、薬と自分の力で治すしかなくなるのだ。

だから、魔女は眠る時間を適切にコントロールする。

全ての怪我や病気を治癒し終えてから目覚めるように。短過ぎないように。

治癒が終わった後も眠り続けることのないように。長過ぎないように。

――そんな風に、私はバドの城で眠り続けた。

聖獣の城は、人のそれと理《ことわり》が異なる。

そのため、あまり長く滞在すると、聖獣の環境に引っ張られ、感情や感覚が人とは異なるものになってしまう。

それが分かっているからこそ、聖獣はむやみに自分の城に魔女を招待しないし、魔女だって聖獣に頼り過ぎないようにしているけれど、今回ばかりは仕方がなかった。

王宮からデイドレスだけを身に着けて、冷たい風が吹きつける森の中に移動してきたのだ。その状態で命にかかわる傷を引き受け、森の中で眠って過ごすことは、死を意味することになるのだから。

そして、私の部屋からフェリクス様のもとまで移動し、さらに魔法発動に助力してくれたバドには、私を自分の城へ連れて帰るだけの力しか残っていなかったのだから。

――――バドの城で眠り続ける間、私は繰り返し痛みに声を上げた。

神様からいただいたのは、身代わりの怪我や病気を治すことができる力だけで、痛みを消すことはできないからだ。

だから、何度も、何度も、酷い激痛に襲われた。

さらに、血を失い過ぎたことで、寒気がしてくると同時に、呼吸すら苦しくなる。

「……あ、…………っ、……」

結果、息も絶え絶えの状態になり、最後は喉を傷めて声すらも満足に出せない状態に陥った。

けれど、一旦この身に引き受けた以上、痛みに耐え、傷を癒さなければならないのだ。

バドは聖獣の姿を保ったまま私にぴたりとくっつき、多くの時間を過ごしてくれた。

生まれた時からずっと一緒にいたのだ。

眠っていても、安心できる存在が近くにいることは知覚できるようで、バドがいてくれると呼吸が楽になるように思われた。

そうやって、私は少しずつ少しずつ、怪我を治しながら眠り続けた。

季節がいくつも移っていき、それに伴い傷は浅くなり、フェリクス様の夢を再び見始める。

――――彼は、未だ戦場にいた。

太陽の光を受けてきらきらと輝く銀の鎧を身に着け、兵士たちの間を歩いている。

その足取りは軽く、動作に不自然な点は一つもなかった。

……ああ、フェリクス様は無事だわ。

それだけで、この世界の全てに感謝したい気持ちになる。

戦場にいるフェリクス様は、その存在自体が兵士たちの士気を上げる役割を果たしているようで、彼の姿を目にしただけで、兵士たちは手を叩き、割れるような歓声を上げた。

フェリクス様の存在が兵士たちを鼓舞し、奮い立たせていることは明らかだった。

戦場で兵士たちと長い時間をともに過ごしたことで、フェリクス様は彼らから絶大な信頼を勝ち取ったのだ。

よかった。フェリクス様は自分の進みたい道を、まっすぐ進むことができているわ。

まどろみながら微笑んだ次の瞬間、私は痛みを覚えて低く呻いた。

「……っ」

断続的に襲ってくる、いつもの痛みだ。

残念ながら、痛みに気を取られたことで夢が途切れてしまったため、私は再び、夢も見ない深い眠りに落ちていった。

＊　＊　＊

そうやって、私は夢の形でフェリクス様の動向を把握していたけれど、その日に見た夢は、これまでと場所が異なっていた。

フェリクス様がいるのは戦場でなく、見たこともない街路だったのだ。

あまり整備の行き届いていない様子から、王都ではなく辺境の地の街路ではないかと推測される。

その道を立派な体軀の馬に乗ったフェリクス様が進み、彼の後ろには多くの兵士たちが付き従っていた。

色鮮やかな国王軍の旗が掲げられ、行軍する兵士たちの表情は明るい。

……ああ、戦争が終わって、王都に帰還するのだわ！

数日前に見た夢の中で、誰もが抱き合いながら涙を流していたので、我が国が勝利したのだろう。

よかった。フェリクス様は約束通り、無事にスターリング王国へ戻ってくるのだわ。

……それならば、私は王宮で待っていないと！

もうほとんど治癒が終わっていた私は、ぱちりと目を開けた。

そんな私を見て、聖獣の姿で丸まっていたバドが驚きの声を上げる。

「ルピア、何をやっているの!?」

それから、私の上にがばりと覆いかぶさってきた。

「ルピア、もう一度眠るんだ！　体の中の治癒は完了しているけれど、傷痕はまだ消えていない！　あとほんの1か月ほどで、きれいさっぱり消えてなくなるから!!」

「……ごめんなさい、もう起きてしまったわ。それに、フェリクス様は言ってくれたのよ。私のもとに帰ってくるって。だから、私はスターリング王国の王宮で、彼を出迎えたいの」

傷痕が残ることの問題は、見た目だけだ。

着用するドレスは制限されるけれど、それさえ気を付ければ問題ない。

バドは「こんな大きな傷痕を気にしないなんて、高貴な生まれであることが時々信じられなくなるよ！」と聞こえよがしに言っていたけれど、すぐに私にぴたりと体をくっつけてきた。

そのため、私も彼の体に両手を回し、ぎゅううっと抱きしめる。

「バド、心配をかけてごめんなさい。それから、私を守ってくれてありがとう！　おかげで、無事に目覚めることができたわ」

「どういたしまして。それが僕の役割だからね。僕の魔女は無茶をするきらいがあるから、その無茶をフォローできるほどレベルの高い聖獣で良かったよ」

「ええ、私の聖獣様は、世界で一番素晴らしいわ」

ひとしきりバドと喜び合った後、彼は私を元いた場所に――――ディアブロ王国の私室へ戻してくれた。

何よりも私を優先してくれ、昼も夜もぴったりとくっついていてくれたバドは、その間の――どうやら私は2年間眠っていたようで――その2年分の用務が溜まっているのだと嘆いていた。

そのため、バドは一旦、私だけを母国に戻し、用務を片付け次第、再び私のもとに戻ってくると約束してくれた。


私がディアブロ王国に戻ってきたのは、家族が晩餐室で食事を取っている時間帯だった。

私室からふらふらと廊下に出ると、壁に手をつくようにして一歩一歩進み、そのまま晩餐室に向かう。

私の姿を確認した従僕たちが慌てて開けた扉から、青白い顔でふらふらと入室してきた私を、まるで亡霊でも見たかのように、家族は驚愕した様子で見つめてきたけれど、すぐに全員が席を立つと、叫びながら抱き着いてきた。

「ルピア！　本当にお前か？」

「ああ、無事だな!?　神様、感謝いたします!!」

「ルピア!!　顔を見せてくれ！」

右に左にと引っ張られ、ぎゅうぎゅうと抱きしめられる。

そんな風に兄や姉に取り合われ、乱雑に扱われることも、彼らの心配の表れのようで嬉しくなる。

私はやっと家族のもとに戻ってきたことを実感でき、胸がじんとして、力の入らない腕で何とか抱きしめ返した。

「お父様、お母様、お兄様、お姉様方、心配をかけてごめんなさい。遅くなりましたが、ただいま戻りました」

「「お帰り、ルピア!!」」

私を含めた誰もが涙を流していて、そして、笑顔だった。

# 15・王妃の帰還

その後、私はディアブロ王国に1週間滞在した。

本当は、すぐにでもフェリクス様のもとへ向かいたかったのだけれど、無理をして目覚めたばかりで体がふらふらしていたため、家族も侍医も許可してくれなかったのだ。

そして、やっと今日、『1時間ごとに休憩を取るならば』という条件付きで、馬車へ乗る許可が下りる。

「ある日突然いなくなり、2年間も不在にしておきながら、たった1週間しか滞在しないなんて！」

と父は涙目だったけれど、珍しく兄が父を説得していた。

「戦略的譲歩です、父上！　ここは一旦嫁ぎ先に帰しておいて、ルピアには改めて我が国を訪問してもらい、1年ほど滞在してもらいましょう」

違った。私が母国に長期滞在する計画を立てられているのだった。

勝手なことを言って、とは思ったものの、一方では、愛情ゆえの言葉に思われて嬉しくなる。

私は「また来ますよ」と告げると、ディアブロ王国王家の紋が付いた馬車に乗り込み、一路スターリング王国を目指したのだった。

ありがたいことに、私が眠り続けていた間、バドは定期的に母国の家族と連絡を取り合ってくれていた。

そのため、家族の皆は私が無事であることを理解していたけれど、それでも心配な毎日を過ごしていたのだと口々に訴えられた。

一方、スターリング王国へは、ディアブロ王家の名前で私が無事である旨を、書簡にしたためて定期的に報告していたとのことだった。

私が眠り続けている間も、皆が様々に手助けしてくれたことに感謝を覚える。

そうして、昼は多くの休憩を入れ、夜はその地の領主の館に泊り……と、想定以上の日数を掛けて、私はスターリング王国へ戻ったのだった。


スターリング王国の王宮に到着して初めに確認したものは、掲げられている旗の種類だった。

見上げた先で、国王旗がはたはたと風にはためいていたことから、既にフェリクス様が戦場から戻っていることを理解する。

そのため、彼より先に王宮に到着できなかったわ、と残念な気持ちを覚えたけれど、それはすぐに彼の無事を喜ぶ気持ちに取って替わった。

私が戻ってくることは事前に連絡が入っていたようで、馬車から降りると顔なじみの騎士や侍女たちに出迎えられる。

「ミレナ！」

親身になって世話をしてくれ、別れの時には涙まで浮かべてくれた専属侍女を見つけ、嬉しくなって名前を呼ぶ。

すると、ミレナは別れた時と同じように涙を浮かべて近寄ってきたけれど、すぐに驚いたように目を見開いた。

「ル、ルピア様、どうしてそんなに痩せられているのですか⁉」

「えっ、あ、ええと」

そういえば、私の外見は2年前と比べて驚くほど変わっているのだった。

――魔女が身代わりで眠っている間、一切の食事を取ることはない。

そのことで、栄養が不足することはないけれど、人として不自然な生活のためか、体はみるみる痩せていくのだ。

同じく魔女であった母からそのことを知らされていた家族は、いざという時のためにと、私が幼い頃から、少しでも多くの肉を付けさせたがった。

そんな風に彼らに餌付けされ続けた結果、この国に嫁いできた当初はそれなりに肉が付いた体形をしていたのだけれど、今は驚くほど細くなっているので、ミレナは驚愕しているようだ。

けれど、彼女はすぐに気を取り直すと、私を私室に案内してくれた。

ミレナの説明によると、フェリクス様が戦場から戻られたのは、わずか数日前のことらしい。

そのため、王宮は未だ戦後処理に追われており、引っくり返ったような騒ぎとのことだった。

彼の邪魔をするわけにはいかないと、まずは私室に戻ることにしたのだけれど、部屋に着くとすぐに、ミレナは私を椅子に座らせた。

それから、涙目になって私の全身に目を走らせる。

「ルピア様、お久しぶりでございます。よくぞスターリング王国へお戻りくださいましたわ。でも……驚くほど痩せてしまわれて」

「ええと、ミレナ。病気をしたとかではなくてね」

あまりに心配してくれる様子を見て、申し訳ない気持ちが湧き起こる。

けれど、全てを言い切る前に、ミレナは分かっているとばかりに大きく頷いた。

「ええ、分かっております。国王陛下の傷を治されたのですね」

「まあ、フェリクス様から聞いたのかしら？」

驚いて尋ねると、ミレナは首を横に振った。

「いえ、陛下はお忙しく、戦場から戻られて以降、一度も話をする機会は持てていませんわ。けれど、陛下が敵兵の剣で大きな傷を負われ、その傷が跡形もなく消え去ったことは誰もが知る話です」

「まあ、そうなのね」

私が眠り続けていた間の出来事は、ほとんど把握していなかったため、素直に驚きの声を上げる。

すると、ミレナは悔し気な表情で頷いた。

「残念ながら、ルピア様の貴重な能力を広めるわけにはいかないため、表向きは女神の加護ということになっていますが、その話を聞いた時、私にはすぐにルピア様のお力だと分かったのです！」

ミレナは忠実な侍女らしく、欠片も疑わないまっすぐな瞳で私を見つめてきた。

2年ぶりにスターリング王国に戻ってきた私にとって、無条件に私を受け入れてくれる彼女の存在は、非常に嬉しいものだった。

「ミレナ、ありがとう！　私が魔女であることを信じてくれて、すごく嬉しいわ」

笑顔でお礼を言うと、全てを肯定するように大きく頷かれる。

「ルピア様が誰よりも誠実に、心から国王陛下のことを思われているのを存じ上げておりますから」

それから、ミレナは見たこともないドレスを差し出してきた。

「長時間馬車に揺られて、さぞお疲れでしょう。ドレスを着替えられたら、少しはすっきりするかもしれません。……ああ、こちらは、ご成婚前にしつらえていたドレスのうちの一着になります。

嫁いでこられる前にサイズをうかがっておりましたが、何らかの理由でサイズが変わることもあるでしょうからと、幾つもサイズ違いのドレスをご用意していたのです。その中でも、こちらは一番細いものになります」

なるほど。確かに私のスタイルは驚くほど変わっているので、以前のドレスではぶかぶかになってしまうことだろう。

ミレナの有能さに感謝しながら、長時間の移動でくたびれてしまったドレスを着替える。

すると、その作業の途中で、ミレナがびくりと全身を硬直させた。

それから、驚愕した様子で私の左肩を見つめてきたため、思い当たることがあった私は「ああ」とつぶやいた。

続いて、左肩から胸にかけて残った傷痕を手でなぞる。

「そうね、傷痕が残ってしまったわね。でも、これは私が悪いのよ。フェリクス様に会いたくて、時が満ちる前に目覚めてしまったのだから」

「ル、ルピア様……」

「ふふ、ミレナが選んでくれたドレスは、肩が隠れるデザインだからちょうどいいわね。ミレナ、お手間でしょうけど、今後はこの傷痕が隠れるようなデザインのドレスを選んでちょうだいね」

あえて軽い調子で口にしたけれど、あまり効果はなかったようで、ミレナはぽろぽろと涙を零し始めた。

「あ、も、申し訳ありません。それほど恐ろしい傷……どれほどの激痛であったかと想像して、取り乱しました」

ミレナが慌てたようにハンカチで目頭を押さえる姿を見て、初めてフェリクス様の傷を見た時の衝撃を思い出す。

「……そうね。私も初めてフェリクス様の傷を見た時は、体が竦んだのだったわ」

それから、ミレナの涙を止める役に立てばいいのだけど、と思いながら言葉を続ける。

「フェリクス様は川に落ちた後、自力で川岸まで這い上がってこられたのよ。身代わりになって痛かったけれど、これほどの痛みを抱えながらも必死になって生きたいと願われたならば、彼の望みを叶えるのが魔女の役目だと感じたの」

だから、私は自分の望み通りに行動しただけなのよ、と明るい調子で続けたけれど——それからしばらくの間、ミレナの涙は止まらなかった。

✿ ✿ ✿

新しいドレスに着替え終わった後、私はソファに腰掛けると、ミレナが淹れてくれた紅茶を手に取った。

何日も馬車に乗り続けていたため、体は疲弊していたけれど、もうすぐフェリクス様と再会できると考えるだけで、体に力が湧いてくるように思われる。

私はゆったりと紅茶を飲みながら、ミレナと直近2年間の情報を交換し合った。

彼女の話によると、隣国との戦争は、完全なる我が国の勝利という形で決着がついたらしい。

そして、その結果を導くために、フェリクス様の怪我が一役買ったとのことだった。

というのも、彼が敵兵に切られて川に落ちたところを、自国の多くの兵士が目撃していたらしい。

そのため、誰もが王の死を覚悟し、絶望を感じていたのだけれど、翌日になって、怪我一つない姿で王が戻ってきたのだから。

兵士たちの歓声は、戦場中に響き渡ったという。

――誰もが、『虹の女神』の加護だと口にした。

――フェリクス様は『女神の愛し子』であり、彼が大義を果たすまで、女神が助力してくれるに違いないと。

女神の後ろ盾があると信じて行動した兵士たちの士気は高く、次々に敵兵を撃破していったという……。

「ルピア様のお力を喧伝できないことを逆手に取って、女神の加護として兵士の士気を上げた戦略は素晴らしいと思います。ですが、国王陛下の命を救われたのはルピア様ですし、今回の真の功労者はルピア様ですわ!!」

真剣な表情で言い切るミレナを見て、「畏れ多いことだわ」と私はつぶやいた。

それから、諭すように続ける。

「多くの兵士たちが戦場に出て、命を懸けて戦っていたのだから、彼らの一人一人が功労者だわ」

私の言葉を聞いたミレナは、困ったように眉を下げた。

「……ルピア様は本当に……存在自体が、信じられないお方ですね」

その後もミレナと様々な会話を交わしたけれど、日が落ちてもフェリクス様は戻ってこなかった。

そのため、ミレナを下がらせると、一人で彼を待つことにする。

夜もどんどん更けていき、闇一色に塗りつぶされた外を見ながら、毎日こんな遅い時間まで仕事をしているのかと彼の体が心配になってくる。

……ああ、やっぱり戻ってきてよかったわ。

この大変さは、母国にいたのでは感じ取ることができないもの。

そう考えていたところ、規則的なノックの音に続いて、静かに扉が開かれた。

はっとしてソファから立ち上がると、予想通りフェリクス様が立っていた。

「……フェリクス様」

彼の姿を見た途端、――――最後に目にした血だらけの姿が思い出され、どくりと心臓が跳ねる。

けれど、震える手を握りしめながら視線を定めた先に立っていたフェリクス様は、出血もしていなければ、意識を失ってもいなかった。

彼が身に着けているのは軍服でなく、濃藍色と白の布地に紫の宝石が幾つも付けられた、いかにも王様然とした豪華な衣装だった――――そう、もはや戦時でなく、平時に戻ったのだ。

そう自分に言い聞かせながら、改めて見つめたフェリクス様は、2年前と比べると、服の上からでも分かるほど日に焼けて体格がよくなっており、3色の神秘的な髪が肩に付くほど伸びていた。

表情に疲労と苦労の跡は見えるけれど、その陰りが以前はなかった艶っぽさを加えている。

――――2年前はいかにも若々しい王だったけれど、今となっては、そのような感想を抱く者は誰もいないだろう。

なぜなら目の前に立っているのは、美しい藍青色の瞳に強い意志の光を宿らせた、威厳と尊厳に満ち溢れた堂々たる王だったのだから。

彼のあまりの変わりように驚き、咄嗟に声を出せずにいると、フェリクス様は訝し気に眉を寄せた。

「ルピア」

それから、低い声で一言だけ口にすると、大股で近付いてきて、私を間近から見下ろした。

至近距離で見上げるフェリクス様の身長が以前よりも伸びており、2年間の変化を突然目の当たりにした私は、彼の全てが変わってしまったように思われて、心もとない気持ちになる。

そんな私の目の前で、彼ははっと息をのむと、両手を伸ばして私の顔を包み込んできた。

「何てことだ、こんなに痩せてしまって……」

それ以上言葉を続けられないとばかりに絶句したフェリクス様の表情が、苦し気に歪む。

そんな彼を目の当たりにして、私は目が覚めたような気持ちになった。

……ああ、そうだ。私の外見だって、以前とは変わってしまっているのだわ。

にもかかわらず、フェリクス様はその変化をすんなりと受け入れて、心配までしてくれる。

示された彼の言動が、以前通りの思いやりに満ちたものだったため、私は安心すると同時に体中の力が一気に抜けるのを感じた。

脱力した反動なのか、ぽろりと涙がこぼれる。

「ルピア!?」

驚いたように名前を呼ぶフェリクス様の手に、私の涙がぽろぽろと落ちていった。

私はこれ以上涙がこぼれないようにぎゅっと目を瞑ると、震える声を出した。

「取り乱してごめんなさい。フェリクス様の外見が大きく変わっていたから、私の知らないあなたになってしまったかと一瞬恐ろしくなったの。でも、フェリクス様はフェリクス様だったわ。そのことが、嬉しくて……」

よかった、と小さくつぶやくと、私の両頰を包み込んでいたフェリクス様の手に力が加わった。

けれど、すぐに、彼は慌てて手の力をゆるめると、まるで子どものように私を抱き上げ、ソファに座った彼の膝の上に横向きに座らせた。

びっくりして目を見開くと、「目線を合わせて話をしたい」と続けられる。

すごく恥ずかしい体勢のように思われたけれど、フェリクス様が至って真面目な表情をしていたため、そのような場面ではないわと自分の感情を抑えつける。

それから、フェリクス様と私では身長差があるため、並んで座っても目線は合わないことに納得し、同意の印に頷いた。

すると、彼は改めて私の全身を見回した後、明らかに細くなった私に眉を下げた。

「ルピア、長い間、寂しい思いをさせてすまなかった。だが、戦争は終結したから、もう君がこの国を離れる必要はない。私だってそうだ。これからの私はずっと君の側にいて、きちんと食事をするところを見張っているからね」

そう言われて、彼が戦争から戻ってきたばかりで、肝心の挨拶をしていなかったことを思い出す。

「フェリクス様、お帰りなさいませ！　ご無事のお戻りを、心から嬉しく思います！　……すみません。私ったら、一番に言うべき言葉を忘れていたわ」

申し訳なさにしょんぼりとうなだれたけれど、フェリクス様は苦情を言うことなく、優しい声を出した。

「ただいま、ルピア。約束通り、君のもとに帰ってきたよ」

そう言って微笑んだフェリクス様は、これまで目にした中で一番精悍で、一番優し気で、一番格好が良かった。

そのため、私は真っ赤になると、動揺してもう一度同じ言葉を繰り返す。

「は、はい。お、お、お帰りなさいませ」

すると、フェリクス様は幸せそうに微笑んだ。

「君のその表情を見ると、戻ってきたという気持ちになれるな。ルピア、君こそ変わらないでいてくれてありがとう」

それから、フェリクス様は別れた時と同じように、私の唇に彼の唇を重ねた。

その瞬間、私は世界で一番幸せだと思った。

しばらくは幸せを噛みしめながら、そのままの体勢で彼の腕の中にいたけれど、彼が無事であると実感できたことで、張り詰めていた気持ちが緩んだようだ。

同時に、これまでの疲れと緊張が一気に襲ってきて、私は急激な眠気を感じた。

「フェリクス様……眠い、です……」

「え、ルピア？」

フェリクス様の驚く声を最後に、私の意識は心地よい眠りの中に呑まれていった。

——けれど、その時の私は気付いていなかった。

私にとって『身代わり』は当然の役割で、改めて感謝されるものだと考えていなかったため、フェリクス様からお礼を言われなかったことを。

恐らく私はこの夜、彼の『身代わり』をしたのだと、大きな声で主張すべきだったのだ。

あるいは、既に全てが手遅れで、主張したとしても何も変わらなかったかもしれないけれど……。

いずれにせよ、その夜が、穏やかな気持ちで過ごすことができた、私の最後の夜だった。

# 16・誤解

フェリクス様の腕の中で眠りに落ちた翌日、私は私室で診察を受けていた。

昨夜、疲労と緊張から気絶するように眠りについた私を心配して、フェリクス様が侍医を手配してくれたためだ。

朝一番に、王宮の庭に咲いた花を銀のトレーに載せて届けてくれた彼は、私の顔色を見て眉を寄せた。

「まだ顔色が良くないな。昨日の夜は疲労しているように見えたし、何より君は細過ぎる。今日は一日寝台の上で過ごしてくれないか」

ただでさえ忙しい一国の王であるにもかかわらず、私のことを心配してくれるフェリクス様の優しさを、ありがたいとも申し訳ないとも感じる。

これ以上心配をかけたくなくて素直に頷くと、彼は安心したように微笑んだ。

「よかった。朝食は寝室に運ばせるよ。その後に、王宮専属の侍医を向かわせるから、心配事があれば相談しなさい」

彼の優しさに感謝しながらもう一度頷くと、フェリクス様はまるで私が幼い子どもでもあるかのように頭を撫でてから部屋を出て行った。

昨日から思っていたけれど、フェリクス様は私を小さい子どものように扱い始めた気がする。

戦場へ2年間出征したことで、精神的に成長して余裕が出てきたのかしら、あるいは……と考えたところで、重要なことに気付く。

そうだわ！　私が2年間眠り続けたことで、16歳のフェリクス様と17歳の私だった年齢差は逆転してしまい、18歳のフェリクス様と17歳の私になってしまったのだわ。

「まあ」

今さらながら驚いて目を丸くした後、『年上のフェリクス様』……と考える。

これまで想像したこともなかったけれど、それはそれで素晴らしいことのように思われ、笑みがこぼれた。

「年上の夫というのも、頼りがいがあっていいわね」

そうミレナに言うと、微笑みながら返される。

「国王陛下であれば、何でもよく思えるだけではないですか」

……さ、さすがミレナだわ。私のことをよく分かっている。

そう感心しながら、私はベッドに背中を預けた。

その後、できるだけたくさんの朝食を取り、侍医の診察を受けたけれど……。

「……え？」

診断結果を耳にした私は、びっくりして間の抜けた声を上げた。

侍医の言葉ははっきり聞こえていたけれど、驚き過ぎて理解することができなかったからだ。

対する侍医は、辛抱強く同じ言葉を繰り返す。

「王妃陛下、ご懐妊でございます」

二度目の言葉ははっきりと耳に届き、その意味を理解した瞬間、涙腺が崩壊したかのように涙がぽろぽろと零れ落ちた。

嬉しくて、嬉しくて、気持ちが体から溢れてくる。

私はもう十分に幸せで、満たされているのに、さらなる宝物を与えてもらうなんて。

「……フェリクス様との赤ちゃんだなんて、これほどの幸せがあるものかしら」

私の脳裏に、ふくふくした赤ちゃんが丸まって眠っている姿が浮かんでくる。

その隣には、小さな赤ちゃんを抱いて、幸せそうに微笑むフェリクス様の姿が。

「フェリクス様が喜ばれるわ」

そのことを想像すると、涙だらけの私の顔に笑みが浮かんだ。

眠っていた2年間を差し引くと、実質半年程度の結婚生活だ。

そんなわずかな期間で子どもを授かるなんて、素晴らしいことだわとお腹を撫でたところで、一つの事実に気付く。

「この子は私が眠っていた間も、お腹の中にいたのだわ。まあ、何て強い子なのかしら」

さすがフェリクス様のお子だわ。

そう考えたところで、既に彼に似たところをさがそうとしている自分に気付き、おかしくなる。

「ふふふふふ」

そう笑い声を上げていると、こちらを見つめている侍医と目が合った。

その冷静な視線に少しだけ頭が冷え、慌てて両手で口元を押さえる。

「ご、ごめんなさい。どうやら私は嬉しくて浮かれているようだわ。初めての子を妊娠していると告げられるなんて、人生で一度しかないでしょうから、大目に見てちょうだい」

私の言葉を聞いた侍医は小さな笑みを浮かべると、使用した診察器具を片付け始めた。

「この後、国王陛下のもとにお伺いし、王妃陛下の病状をお伝えすることになっています。その際に、ご懐妊の旨を報告しようと思うのですが、よろしいですか？」

「ええ、お願いするわ」

フェリクス様はどれほど喜ばれるかしらと考えると、自然と顔がほころぶ。

「……っ、うっ、うっ」

その時、嗚咽をかみ殺したような声が聞こえたため、驚いて後ろを振り返ると、ミレナが涙をぼろぼろと零していた。

「ルピア様、お、お、お、おめでとうございます……」

私の妊娠を同じように喜んでくれるミレナに、私は両手を広げた。

たったそれだけの動作を見て、ミレナは私のもとまで駆け寄ると、ぎゅっと抱きしめてくれた。

「本当におめでとうございます、ルピア様！　まあ、戦争に勝利しただけではなく、王国の未来までご誕生あそばされるとは、我が国にとって何と素晴らしいことでしょう！　ルピア様は、我が国に幸福を授けてくださる存在なのですわ!!」

「ミレナったら大袈裟だわ。でも、私もすごく嬉しいの。ああ、歌って踊り出したい気分だわ」

「えっ！　歌うのはまだしも、踊るのは我慢してください。ただでさえ、昨日はお倒れになったうえ、お腹にはお子様がいらっしゃるのですから」

たしなめられた私は素直に頷くと、もう一度ミレナを抱きしめた。

その後、侍医が部屋を出て行ってからも、私は興奮冷めやらぬ状態で、お腹にいる子どもについて色々と思いを巡らせた。

その中で何度も何度も考えたのは、フェリクス様はものすごく喜んでくれるだろうということだった。

彼は忙しいから、政務が終わるのは夜更けになるだろうけれど、もしかしたら今日はいつもよりほんのちょっと早めに切り上げてくれるかもしれない。

そんな風に想像して、浮かれた状態で過ごしていた私のもとにフェリクス様が訪れたのは、診察からわずか1時間後のことだった。

まあ、診断結果を聞いて駆け付けてくれたのだわ！

嬉しくなった私はぱっと寝台から降りると、扉口に立っているフェリクス様のもとまで走り寄る。

「ルピア様、走ったりしては危のうございますわ！」

慌てて制止するミレナに対し、「外せ」とフェリクス様が短く言葉を発した。

その口調が普段よりも鋭く聞こえたけれど、嬉しい報告を聞いて、普段にない状態にあるのだわと好意的に解釈する。

ミレナも同じように考えたようで、笑顔でフェリクス様と私に頭を下げた後、退出していった。

ぱたりと扉が閉まり、二人だけの空間になった途端、私は「フェリクス様！」と名前を呼びながら、満面の笑みで彼を見上げた。

ああ、幸せで笑いが零れる瞬間とは、こういう時を指すのだと実感する。

「侍医から話を聞いて、駆け付けてくれてありがとうございます。私も先ほどから笑いが止まらなくて、困っていたところだったの。ああ、フェリクス様、私は今、これ以上はないというほど」

「誰の子だ？」

私の言葉を遮って彼が発した言葉は低く、きしみ過ぎていて、上手く聞き取ることができなかった。

そのため、私はぱちりと目を瞬かせると、小首を傾げて彼を見上げる。

「ごめんなさい、もう一度言ってもらえるかしら？」

その時初めて、彼が険しい表情をしていることに気が付いた。

歯を食いしばっているのか顎は強張っていて、瞳はぎらぎらと光っている。

「……………え？　フェ、フェリクス様？」

一体どうしたのかしらと驚いて目を見開く私に対し、フェリクス様は強張った表情のまま、きしんだ声を出した。

「腹の子の父親は、誰だ？」

「え？　もちろん、あなた………」

フェリクス様を見上げながら、私は何を当たり前のことを答えているのかしら、と戸惑っていた。

✿　✿　✿

私が身ごもったのならば、フェリクス様以外の子どもであるはずがない。

そんな当たり前のことを、私はなぜ説明しているのだろう。

そう現状に戸惑いを覚えたけれど、目の前にいるフェリクス様は怖いほど真剣な表情をしていた。

そして、見たこともないほど怒っている。

目の前にいるだけでも、その怒りは感じ取れるほどで、そのことに気付いた私は、恐怖のあまり言葉が途切れた。

突然、心臓がどきどきと激しく拍動し始める。

それほどの迫力を目の当たりにしてやっと、フェリクス様は本気でお腹の子どもの父親を尋ねているのだと理解した。

私が身ごもっている子どもが自分の子どもではないかもしれない、と疑っているのだと。

でも、……どうして？

彼がそんな風に考えた理由が、これっぽっちも分からない。

困って見上げた先で、フェリクス様は辛抱強く私の返事を待っていた。

どうやら先ほどの私の返事は、声が小さ過ぎたためか、途中で切れたために、彼は返事だと受け取らなかったようだ。

もう一度、あなたの子どもよと、答えるために口を開きかけたところで、フェリクス様の両手が強く握りしめられていることに気が付いた。

見上げると、奥歯もぐっと噛みしめられており、怒りを抑えている様子が見て取れる。

そんな彼を見て、――――怒りを感じながらも、必死にその感情を抑え込んでいる様子を目にしたことで、私は何かを間違えたのだと悟った。

――――フェリクス様は優しい。

そして、理由なく相手を疑ったり、悪く思ったりしない。

それなのに、彼は今、私のお腹の中にいる子どもは自分の子ではないかもしれないと疑っている。

多分、私が何かをしたか、あるいは何かをしなかったがために、フェリクス様は私を信じ切れないでいるのだ。

そのことを申し訳なく思い、つい謝罪の言葉が口を衝く。

「フェリクス様、ごめんなさい」

「……何に対する、謝罪だ？」

フェリクス様の声は普段より低く、ざらざらとしていて、聞き取ることが難しかった。

本気で怒っていることが分かる声だったため、恐怖で背筋が震える。

けれど、ここで説明をしなければ、状況がもっと悪くなることは火を見るよりも明らかだったので、恐怖を抑えつけて震える声を絞り出した。

「あなたを怒らせていることに対してよ。多分、私の説明が悪くて、誤解をさせてしまったのだわ。フェリクス様……」

言いかけた言葉は、彼の言葉に遮られる。

「相手は誰だ？　君は、その男を愛したのか？」

「え……、も、もちろん相手はあなただわ。ねえ、聞いて。あなたは戦場で怪我をしたでしょう？　その傷を私が治癒したの。そして、その代償として、2年間眠っていたのよ。その話は聞いていないかしら？」

どこで誤解が生じているのか分からないため、既に彼が知っているはずの基本的な情報を口にしたけれど、乱暴な口調で返される。

「戦時中は母国で暮らすようにと、君に頼んだのは私自身だ！　当然君がこの2年間、ディアブロ王国にいたことは知っている。だが、まさか私以外の男と、恋愛遊戯を楽しんでいたとは思いもしなかった!!」

彼の口から飛び出したのが、とんでもない内容だったため、驚いて否定する。

「違うわ！　フェリクス様、あなたは戦場で傷を負ったでしょう？　そして、その怪我は跡形もなく治ったはずよ。それは私が……」

「ああ、非常に有名な話だから、もちろん遠く離れたディアブロ王国にも噂は届いていたはずだ。私は戦場で敵兵の刃を受けたにもかかわらず、その傷が跡形もなく消え去ったことは。だが、私を救ってくれたのは『虹の女神』だ」

「…………え？」

フェリクス様の口から発せられた言葉に驚いて、目を見開く。

確かにミレナも同じようなことを言っていたけれど、それはあくまで対外的な説明向けという話だったはずだ。

「虹の……女神？」

「そうだ。私は確かに左胸に刃を受けた。そのことは多くの者が目撃しているし、私自身が焼けつくような痛みを体験したことからも明らかだ。だが、新たなる刃から逃れるために崖から飛び降りた後、再び発見された時には、既に傷は跡形もなく消えていた」

「だから、それは」

もどかしい気持ちで口を差し挟もうとしたけれど、フェリクス様から鋭い口調で遮られる。

「川から這い上がった私を発見したのは、テオ・バルテレミーだ！」

テオは『虹の乙女』であるアナイスの兄で、フェリクス様の親友だ。

私が気絶してバドの城に連れ去られた後に、テオが一人残されたフェリクス様を見つけてくれたのだろう。

そう考えていると、フェリクス様は思ってもみないことを言い出した。

「テオは『虹の女神』が私の傷を治している場面を、目にしている」

「…………え？」

そんなはずはない。

だって、フェリクス様の傷は全て、私がこの身に引き受けたのだから。

「私の傷を全て治癒した後、女神はテオにお言葉を下賜された。『私の愛し子は、ここで死ぬべきではありません。彼には大義があります』と。テオの言葉を聞いて、戦場の誰もが奮い立った。我々の後ろには『虹の女神』が付いていてくださるのだと、誰もが理解したからな。そのおかげで、わずか2年で我々は戦に勝利したのだ」

その確信に満ちた表情を見て、私はぎゅっと両手を握りしめた。

どうやら状況は、想定の何倍も悪いようだ。

2年も前から、フェリクス様は傷を治癒したのは『虹の女神』だと信じているのだから。

初めは半信半疑だったとしても――――『虹の女神に傷を治癒された』という事実は、この2年の間に何度も何度も反芻され、刷り込まれたことで、彼の中で真実になってしまっているだろう。

そして、テオはフェリクス様の親友だ。親友の言葉を疑う理由は、フェリクス様にないのだ。

彼にとっては「魔女」よりも、『虹の女神』と「親友」の方が信じやすい存在だろうから。

フェリクス様の間違った思い込みを覆すことは、思ったよりも難しいかもしれない。

けれど、お腹の子どもはフェリクス様の子どもなのだ。

「フェ、フェリクス様、だけど、結婚式の夜に説明したように、私は『身代わりの魔女』なの。だから、あなたの傷を治したのは私だし、その代償で2年間眠っていたの。その間、私の時間は止まっていたから、この子は2年前に身ごもった子どもなのよ」

必死で言い募る私を、彼は冷たい目で見つめた。

「なるほど、この場面で『私は魔女だから』が出るのか！　いいか、この世界に魔女などいない。都合よく2年間も眠り続けたり、その間、時間が止まったりしないのだ!!」

「……………………え？」

その時の私は、ただ驚いて目を見開くことしかできなかった。

「え、あの、フェリクス様、魔女がいないというのは」

「これまで君の作り話に付き合ってきたのは、私に直接的な被害がなかったからだ！　だが、今回は無理だ。ことは王国の継嗣の話だからな」

そう言い切ったフェリクス様が、見知らぬ男性に見える。

……どういうこと？

私が魔女であることを、彼は信じてくれているはずよね？

「……フェリクス様？」

こんな状況だというのに、その時の私は本当に彼の言葉が理解できなかった。

そのため、困惑したような表情を浮かべて彼を見上げる。

そんな私に対し、フェリクス様の鋭い言葉が投げ付けられた。

「君は魔女ではない！　君は母国で私以外の男性と恋愛遊戯を楽しみ、腹《はら》の子を孕んだのだ‼」

「…………………」

そう言い切った彼の言葉の激しさに気圧され、私は何も言い返すことができなかった。

けれど、たとえ何かを発言できていたとしても、その時の彼の耳には届かなかっただろう。

フェリクス様の強張った表情を見て、私は理解する。

……私は間違えたのだ。結婚式の夜に。

見たこともない「魔女」の存在を、そう簡単に受け入れられるはずがないと、私はもっと真剣に考えて、フェリクス様に丁寧に説明すべきだったのだ。

生まれた時から私という魔女を見続けてきた母国の者と彼とでは、全く状況が異なるのだから。

涙の溜まった目で彼を見上げる私を苦し気に見下ろすと、フェリクス様は足音高く部屋から出て行った。

❁　❁　❁

私が妊娠したという噂は、いつの間にか王宮内に広まった。

体調が優れないことに加え、食欲が減退していること、侍医が頻繁に私のもとを訪れることから皆は推測し、答えを導き出したようだ。

そして、突然私のもとに寄り付かなくなったフェリクス様の姿から、誰もが何らかの結論を抱いたようで、多くの者が私を避けるようになった。

王宮にいるほとんどの者は、私が魔女であることを知らず、私がこの王宮に戻ってきたのは数日前であることを知っているため、不義の子を身ごもったと考えているのだろう。

フェリクス様は沈黙を守っていたけれど、そのことが悪い噂を加速させた。

王妃が身ごもっているのが王の子であれば、王は王妃を手厚く遇するよう、周りの者に告げるはずだ。それをしない意味は……ひそひそひそ。

まことしやかに、噂が王宮内を駆け巡る。

そして……。

『王は妃の懐妊を、なかったものとして扱っている』

――私の妊娠が皆に知られてから数日後の、王宮の結論はそういうものだった。

私には色々と足りていないところがあるけれど、その中の一つは負の感情に弱いことだ。

そもそも、これまでずっと母国の家族から、そして、嫁いでからはフェリクス様から大事に守られてきたので、悪意にさらされたことがほとんどなかったのだ。

そのため、生まれて初めてと言えるほどの強い怒りを向けられて、私の心は竦んでしまった。

相手がフェリクス様だったからかもしれない。

――フェリクス様に疑われて以降、彼のもとを三度訪れた。

けれど、色々な理由を付けられて、一度も彼に会うことができなかった。

そうなると、彼のもとを訪ねることが怖くなった。

拒絶されることは、これほどまでに心を痛めるのだと初めて知った。

これまでの彼は、どれほど忙しくても私のために時間を取ってくれていたので、その優しさに慣れ切っていたのだ。

「フェリクス様……」

私は王宮内の庭園のベンチに座ると、綺麗に整備されている花壇の花を眺めた。

どの花も、一度はフェリクス様が私のもとに届けてくれたものだったので、それらの花々を眺めていると、以前の優しさに溢れた彼の姿が思い出され、自然と涙が浮かんでくる。

ああ、私はあの優しい人に誤解されてしまったのだ。

どうしてもう少し思慮深く考え、きちんと説明することができなかったのだろう。

『物事はいつだって、最悪のことを予想して、準備をしておくものだ』

母国の兄は、いつだって私にそう説いていた。

けれど、私はつい最良のものを予想してしまう傾向があった。

今回だってそうだ。

定期的に、母国からスターリング王国に報告が入っているとの話を聞いて、私がバドの城で眠っていたことが、フェリクス様に正しく伝わっていると勝手に思い込んでいたのだから。

けれど、冷静に考えてみたら、そのようなことがあるはずもない。

なぜならこの国のどこまでの者が、私が魔女であることを知っているのかが不明な以上、母国の家族は誰が見るか分からない書簡に、迂闊なことを書けるはずもないのだから。

恐らく母国からの報告内容は、『ルピアはディアブロ王国で元気にしている』程度のものだったはずだ。

そして、家族にしてみれば、その伝言だけで、私が魔女だと知っている者に正しく伝わると考えたのだろう。

けれど、実際には、夫であるフェリクス様にも信じてもらえていないのだ。

「……今からでも、何とか信じてもらわないと」

ぽつりとつぶやいたところ、私の声に応える声があった。

「まあ、王妃様。何を信じてもらおうと思われているのですか？」

顔を上げると、見覚えのある顔が目に入った。

橙色、赤色、黄色の3色の神秘的な髪色を持つ『虹の乙女』アナイスだった。

「アナイス……」

「お久しぶりです、王妃様。お一人でいらっしゃるのが見えたので、私でお力になれることがあればと思ってお声掛けいたしましたの。私は昔から王宮に出入りしているため、顔見知りが多くいますからね。王妃様が『信じてもらいたい』と思っている方に、私からも必要なご説明をいたしましょうか？」

にこやかに助力を申し出てくれるアナイスに、私は無言で首を横に振った。

私が信じてもらいたいと思っている相手はフェリクス様で、その内容は『魔女であること』と言えば、彼女は困惑するに違いない。

話題を変えようと、王宮にいる理由を尋ねると、彼女は誇らし気に微笑んだ。

「宰相閣下に呼ばれてまいりましたの。『虹の乙女』として、何度も公務への参加依頼をいただきましたが、どうやら今回は趣が異なる内容のようでして。……ふふ、もしかしたら今後は、顔を合わせる機会が増えるかもしれませんね」

そう言うと、アナイスは私の腹部をじっと見つめた。

それは不躾《ぶしつけ》とも言えるほど長い時間だったため、彼女が何らかの意図を伝えたがっているように思われて困惑する。

居心地の悪さを感じていると、アナイスはふっと唇を歪めた。

「……恐らく、私たちは仲良くなれると思いますわ。結局のところ、私が長年望んでいた席に、座ることができるようですから」

彼女の言葉は曖昧過ぎて、私には理解することができなかった。

✿ ✿ ✿

その日の夕方、フェリクス様から疑われて以降、私は初めて彼の訪問を受けた。

突然のことに驚いて硬直する私の横を通り過ぎると、彼は私と向かい合う形で立ち止まり、無言で私を見下ろした。

咄嗟に発する言葉を見つけられず、同じように無言のまま彼を見上げると、数日振りに見るフェリクス様は、見て分かるほどに憔悴していた。

目の下に隈《くま》ができていて、体重も明らかに落ちている。

……ああ、私だけではなく、彼も苦しんでいるのだわ。

今さらながら、そのことに思い至る。

彼にしてみたら、命を懸けて戦っていた間、国元に帰した妻が浮気をしたと信じているのだから、私に裏切られたと感じて辛い思いをしているはずだ。

「フェリクス様……」

言いかけた言葉を、片手を上げて制される。

口をつぐむと、フェリクス様はゆっくりと私の前に片膝を突いた。

それから、私の手を取ると、まっすぐ私の目を見つめながら口を開く。

「ルピア、私はこの数日間、ずっと君のことを考えていた。そして、私にも悪いところがあったのだと理解した。君は愛情深いタイプだから、常に愛する対象が身近に必要だったのだろう。出征していたとはいえ、君を2年間一人にさせたのは事実だ。だから……私は、この2年間の君の行動を許すよう努力すべきなのだろう」

「え……」

全く想定していない方向に話が展開し、思わず言葉に詰まる。

そんな私に対して、フェリクス様は話を続けた。

「そのため、どうすれば私は、君の2年間を受け入れることができるのだろうと、ずっと考えていた。……考えて、考えて、出した結論だ。一度しか言わない」

フェリクス様は私を握る手に力を込めた。

「私と君の間には、一つの嘘もあってはならない。一つでも嘘があれば、君は嘘をつく人間だと認識し、君の全てを疑わなければならなくなるからだ。だから、……先日の言葉が、嘘であったと正直に告白してくれるならば、君を許すよう努力し、今後、君のどんな言葉でも信じると約束しよう。ルピア、……腹の子の父親は誰だ？　君が誰の名前を答えたとしても、それはこの部屋だけの秘密で、他に漏らすことはない」

フェリクス様はそこで言葉を切ると、私の返事を待つ様子を見せた。

彼の緊張した表情からも、先ほどの会話からも、私が身ごもっている子どもは彼の子どもでないと、心から信じていることがうかがえた。

そして、彼が最大限の譲歩を提案していることも――――実際に、裏切られたと考えているフェリクス様からしたら、破格の譲歩に違いない。

……ああ、彼は裏切られたと思ってもなお、私を許す道を探してくれたのだ。

そして、これほどまでに私の裏切りを信じている彼の考えを、今ここで覆すことはほとんど不可能に違いない。

だから、私は一旦引いて、状況を改めてから……たとえば、バドが戻ってきてから、あるいは、母国から誰か証言できる者を呼んできてから、改めて話をすることが正しい対応なのだということは分かっていた。

けれど。

一時的にだとしても――私には、お腹の子どもの父親が、フェリクス様以外であると口にすることは、どうしてもできなかった。

悪手であることを理解しながら、私は彼の目を見つめて口を開く。

「お腹の子の父親は、あなただわ」

声が震え、涙がぽろぽろと零れ落ちる。

「…………分かった」

フェリクス様はしばらく私を見つめた後、何の感情も表さずにそう答えると、ゆっくりと立ち上がった。

それから、握っていた私の手を離すと、そのまま踵を返して部屋を出て行った。

❁　❁　❁

その日の夜、私は翌朝までかかってフェリクス様への手紙を書いた。

彼を前にすると、いつだって言葉に詰まり、上手く説明できないけれど、手紙であれば順を追って丁寧に説明できると考えたからだ。

フェリクス様に出会った7歳の時のこと、フェリクス様の夢を少しずつ見続けたこと、虹をかけると体調を崩すこと……ひとつずつ丁寧に記していくことで、私はこれまでとても多くのことを、彼に告げていなかったことに気が付いた。

私がどれだけ彼を好きなのかを知られることが恥ずかしく、好意を押し付けることになるのではないかという心配から、そして、『虹の女神』の祝福だと思っていたものが私の魔法だと知ったら、彼ががっかりするだろうとの思いから、彼には何一つ知らせていなかったのだから。

これほど何も説明せずに、「私は魔女です」とだけ告げて、なぜ信じてもらえると思ったのかしらと、自分自身に呆れてしまう。

ため息とともに彼への手紙を書き終えた私は、次に、母国宛ての手紙をしたためた。

内容は、私が魔女であることを的確に説明できる者を寄越してほしいというものだった。

昨日、フェリクス様の苦しそうな様子を見て、私は改めて気が付いたのだ。

彼に誤解させていることで、彼自身まで苦しめているのだということを。

そのため、あらゆる手段を使って、できるだけ早くこの誤解を解こうと決心した。

そして、一晩かけて手紙を書き上げたのだ……。

自分だけが苦しんでいると思っていた間は、うずくまって何もできなかったのに、フェリクス様のために何とかしなければと考えた途端、軽々と体が動いたことに苦笑する。

ああ、いつだって私に力を与えてくれるのは、フェリクス様なのだわ。

私は書き上げた2通の手紙を手に取ると、廊下へ続く扉を開け、部屋の前を守っていた騎士の一人に手渡した。

「まだ早朝で、私の侍女が来ていないから、頼んでもいいかしら？　こちらの薄紫の封筒をフェリクス様にお渡しして。それから、白い封筒をディアブロ王国へ送るよう、手配してもらえる？」

手紙を受け取った騎士は生真面目な表情で頷くと、その場を残りの騎士に任せて、執務塔の方に向かって行った。

――それから3日後、ギルベルト宰相が私を訪ねてきた。

彼が私のもとに来るのは初めてだったため、ミレナは用心深い顔をしながら実の兄に紅茶をサーブする。

けれど、宰相は一切口を付けることなく、単刀直入に話を切り出した。

「本日は、王妃陛下にお話があってまいりました」

「……はい」

わざわざ宰相が出向いてくるのだから、重要な話に違いない。

もしかしたらフェリクス様に送った手紙の内容を宰相も聞いていて、色々と確認しに来たのかもしれない。

――あの手紙が良い契機になったことは確かなのだから。

なぜならフェリクス様に手紙を送った翌朝から、再び彼と一緒に朝食を取れるようになったのだ。

残念ながら、会話が弾むことはなく、二人で席に座って黙々と食事をするだけだけれど、それでも一緒に過ごす時間を与えられたことは――彼に何かを話したいと思えばそれができる環境を与えられたことは、ものすごい進歩だった。

今までのところ、彼が手紙の内容に触れることはないけれど、怒りや蔑みといった負の感情を見せることもなく、礼儀正しい態度で接してくれている。

恐らく、初めて知った手紙の内容を受け止めきれず、彼の中で考えを整理している最中なのだろう。

時々、無言のまま私を見つめている彼の視線を感じるので、フェリクス様も色々と悩んでおり、苦しい日々を送っていることが推測できた。

そのため、現状を打破するためには、ディアブロ王国から証言者が到着するか、バドが戻ってきてくれることが必要かもしれないと思いながらも、その前に私ができることがあれば何でもしようと決意する。

そのことにはもちろん、宰相の疑問に答えることも含まれていたため、両手をぎゅっと組み合わせて質問を待っていたけれど、宰相の口から出たのは、想定もしていない話だった。

「王妃陛下もご存じかとは思いますが」という前置きから、ギルベルト宰相の話は始まった。

「フェリクス王とルピア陛下が結ばれた結婚契約書の中に、側妃に関する条項がございます。内容は、ご成婚の後、2年が経過してもルピア陛下がご懐妊されなければ、フェリクス王はご側妃を迎えることが可能だとするものです」

「…………えっ？」

寝耳に水の話に、私は驚いて目を見開く。

……側妃？　側妃というのは、正妃以外の妃のことだ。

ディアブロ王国には側妃の制度があるのだろうか？

考えたこともなかった話を持ち出されたことで、心臓がどくどくと早鐘を打ち始めた。

咄嗟にぎゅっと胸元を握りしめたけれど、瞬間的に気分が悪くなったため、落ち着こうとゆっくりと呼吸を繰り返す。

そんな私の様子を観察していた宰相は、訝し気に眉を上げた。

「そのように驚かれるとは、結婚契約書に目を通されたこともなかったのですか？」

宰相の口調に蔑む響きはなかったけれど、やるべきことをやっていないような気持ちになり、返事もできずにうつむく。

宰相はため息をつくと、持ってきた書類をぱらぱらとめくりながら話を続けた。

「ルピア陛下の場合、ご成婚から2年半が経過していますし、今の状態では今後1年ほどフェリクス王のお子を産むことはできないでしょう。そのため、速やかにご側妃を迎えることを予定しております。契約条項に従う行為ですので、ルピア陛下のご承諾は必要ありませんが、事前にお耳に入れておいた方がよい事柄だと考えてお訪ねした次第です」

「ご、ご側妃ですって!?」

私が何事かを言うよりも早く、後ろに控えていたミレナが驚愕した声を上げる。

「な、な、何を馬鹿げたことを言っているの!! ルピア様のお腹にいるのは、国王陛下のお子様ですよ!! そのルピア様に向かって、何たる非礼の数々!! 世が世なら、打ち首の刑に処されているところだわ!!!」

宰相は糾弾の声を上げる妹をうるさそうに見やったけれど、返事をすることなく話の続きに戻った。

「ご側妃には、バルテレミー子爵家のアナイス嬢を予定しております」

✿ ✿ ✿

ギルベルト宰相は話を続けた。

「ご側妃といえども、妃選定会議にかけなければいけませんし、実際にご身分を与えるまでにはそれなりの時間が掛かります。ですが、事前に王とのご相性を確認したいので、正式な決定を待つことなく、速やかに王宮に部屋をご用意する予定です。王家出身のルピア陛下と異なり、アナイス嬢は子爵令嬢でしかありませんから、至らぬ点もありましょう。よろしくご指導ください」

宰相は必要なことだけ説明すると、話は終わったとばかりに退席しそうな雰囲気を見せた。

そのため、慌てて口を開く。

「ギルベルト宰相、待ってちょうだい。でも、私のお腹にいるのは、フェリクス様のお子だわ。だから、継嗣の誕生が理由ならば、側妃は必要ないわ」

宰相は表情を消すと、感情を読ませない声を出した。

「……私は王妃陛下に対して、何事も否定する権限を持ち合わせておりませんので、お腹のお子様の件についてては、返答を控えさせていただきます。また、ご側妃が必要かどうかという件ですが、こちらについては、『アナイス嬢をお迎えすることは必要である』とお答えさせていただきます」

「……必要、なのですか？」

発した声はとても小さいものだったけれど、宰相には聞き取れたようで、肯定の返事をされる。

「はい、その通りです。ルピア陛下はご存じないことと思いますが、元々、フェリクス王の妃候補は、アナイス嬢に内定していたのです」

「……え」

再び聞いたこともない話が飛び出してきたため、私は目を見開いた。

以前、ギルベルト宰相がフェリクス様の婚姻相手にアナイスを考えていたのではないかと想像したことはあったけれど、国の総意として内定していたとは考えもしなかったからだ。

ギルベルト宰相ははっきりと頷くと、話を続けた。

「我が国の生まれでないルピア陛下にはご理解し難いことでしょうが、スターリング王国の者は皆、『虹の女神』を信仰しています。そんな中、フェリクス王は王族でありながら1色の髪色でお生まれになりました。そのため、能力も魅力も何一つ今と変わらないにもかかわらず、差別され、辛い幼少期を過ごされたのです」

……そのことは、知っている。

幼いフェリクス様が両親に愛されずに、こっそりと泣く姿を、夢で見てきたのだから。

「フェリクス様自身が『虹の王太子』と呼ばれており、今では『虹の王』と呼ばれるほど、虹の女神に愛されたご存在ではありますが、その隣に3色の虹色髪を持つアナイス嬢が立てば、民からの人気は不動のものになります。そのため、フェリクス王の妃にはアナイス嬢をというのが、我が国の貴族の総意でした。しかし、……ご存じの通り、ディアブロ王国があなた様を強く推してこられましたので、それを覆す力は我が国にありませんでした」

宰相の言葉を聞いて、私は愕然とする。

……何ということかしら。

私がスターリング王国に割り込んだのだわ。

「ですが、今回、ディアブロ王国の合意のもとに作成された契約書に従って、アナイス嬢を妃としてお迎えできることになりました。3年近く遅れましたが、やっと歪みが正されるのです。そのため、アナイス嬢との婚姻こそが我が国のためになることで、必要なことだと、スターリング王国の宰相として断言いたします」

そう言い切った宰相は、自分の言葉の正当性を信じているように見えた。

私は青ざめた顔色のまま、これだけは聞いておかなければと、震える声を出す。

「…………フェリクス様は、どうお考えなの？」

私の質問を聞いた宰相は顔を歪めた。

「陛下は少々潔癖なところがありまして、……現時点では、ご納得されているとは言い難い状況です。しかし、冷静になられれば、この国の王として、『虹の乙女』であるアナイス嬢とのご婚姻は、避けて通れないものであることを理解されるでしょう。もちろん、聡明なるルピア陛下におかれましても、同様であることを期待しております」

宰相はしばらくの間、何かを待つ様子を見せたけれど、私がそれ以上言葉を発しなかったため、一礼して退出していった。

ミレナは宰相の後ろ姿に文句を言った後、私の前に跪いて、冷たくなった手をさすってくれた。

「大丈夫ですよ！　聡明なる国王陛下が、兄の馬鹿げた提案を受け入れるはずもありません！　そして、我が国における重要事案の最終決定権は、陛下お一人にありますから！　兄ごときが何事かを画策したとしても、実現できるはずもありません!!」

「ええ……」

そうつぶやきながらも、私は突然知らされた多くの情報で混乱していた。

結婚契約書に側妃の条項が入っているということは、母国の父が了承したということだ。

父は深く母を愛していて、側妃など考えたこともないだろうから、恐らく私の結婚契約書に側妃の条項を盛り込んだとしても、実行されることはないと考えたのだろう。

ああ、違う。

考えるべきはこのことではなく、元々内定していたアナイスを押しのけて、私がフェリクス様と結婚したことだ。

アナイスは『虹の乙女』と敬われ、幼い頃からフェリクス様と様々な行事で顔を合わせていたという。

先日の晩餐会の席でも、仲が良さそうに見えたことだし……邪魔をしたのは私の方なのだろうか？

ぐるぐると思考が空回りし、しっかりした考えが浮かんでこない。

結局、その日は一日中、私はどうすべきかを考え続けたけれど、きちんとした結論が出ることはなかった。

そして、翌朝。

未だ考えがまとまらないまま朝食室を訪れた私は、目にした光景を前に棒立ちになった。

なぜならフェリクス様の隣にアナイスが座り、楽しそうに彼に話しかけていたからだ。

しばらく扉の前で立ち尽くしていたけれど、そのままでいるわけにもいかない。

私は意を決して扉をくぐると、フェリクス様の正面にセットされた席へ向かって歩を進めた。

すると、私に気付いたフェリクス様が、朝の挨拶をしてくれる。

ただそれだけのことが、ものすごく嬉しい。

アナイスも席を立つと、臣下の礼を取った。

「王妃様、本日よりしばらく王宮に滞在することになりました。どうぞよろしくお願いしますね」

「……ええ」

短い返事をする私に、フェリクス様が滞在理由を説明してくれる。

「ルピア、事前に連絡をせずに、朝食の同席者を増やして申し訳ない。つい今しがた、アナイスから王宮到着の挨拶を受けたのだが、朝食がまだとのことだったため、一緒にどうかと誘ったところだった。アナイスは『虹の乙女』と呼ばれているから、しばらく君のために王宮に滞在させようと考え、そのように取り計らうよう昨日命じたのだが、予想外に早く到着してね。おかげで、君に説明する暇もなく、礼儀を欠く形になってしまった」

「私のため、ですか？」

小さな声で尋ねると、フェリクス様は頷いた。

「ああ、この国特有の考えだが、『虹の女神』に愛された者が近くにいることで、様々な祝福が分け与えられ、その恩恵を享受することができると私たちは信じている。最近の君は体調が優れないようだから、私やハーラルトに加えて、さらなる祝福を受けられるようにと手配したのだ。とは言っても、女神の恩恵は広範囲にわたって与えられるので、『女神の愛し子』と同じ建物の中にさえいれば、祝福を享受することができる。君はこれまで通りの生活を送ればいいし、負担はないはずだ」

「……ええ」

彼の説明を聞きながら、思わずフェリクス様の顔をまじまじと見つめてしまう。

けれど、自分の行為の失礼さに気付くと、恥ずかしくなって視線を下げた。

フェリクス様は私に嘘をつかないことを求めてきたけれど、それは彼自身が決して嘘をつかないことを信条にしているからだ。

そのことは十分分かっていたのに、ギルベルト宰相の言葉につられて、思わずフェリクス様の表情を確認してしまうなんて。

宰相はアナイスを側妃にと考えていて、フェリクス様と仲良く過ごせるかどうかを確認する目的で、王宮に滞在させると言っていた。

そのため、彼女がこの場にいることは、フェリクス様が側妃の件を了承したことの表れかもしれないと考えてしまったのだ。

けれど、彼は側妃について触れなかったので、その件を了承していないはずだ。

それとも、まだ私に話をする段階ではないと考えているだけだろうか。

「……お気遣いいただき、ありがとうございます」

いずれにせよ、フェリクス様が私のために『虹の乙女』を呼んだことは、王宮での私の立場を良くするだろう。

『虹の女神』を信仰するこの国の者たちにとって、私のために『女神の愛し子』を呼び寄せてくれたことは、彼が私のことを気に掛けていることを示す、最も分かりやすい形なのだから。

そのことをありがたいと思いながらも、一方では、気分が沈んでいくのを感じる。

宰相から側妃の話を聞いたことで、二人が仲睦まじく話をしている様子を目にすると、色々とあらぬことを想像してしまうからだ。

けれど、そんな私の心情が分かるはずもないアナイスは、朗らかな笑い声を上げると、食事の間中、フェリクス様にあれこれと楽しそうに話しかけていた。

アナイスの癖なのか、彼女が提供する話題は、私の知らないフェリクス様と彼女の昔話に終始する。

その度に、フェリクス様は辛抱強くアナイスを注意していたけれど、彼女が同じことを繰り返すので、最後は困った様子でため息をついていた。

私はそんな二人に相槌を打つこともできず、ただ黙って話を聞いていた。

――その日以降、王宮のあちこちでアナイスを目にするようになった。

幼い頃から王宮に顔を出していたとの言葉通り、彼女には多くの顔見知りがいるようで、いつだって誰かと楽しそうに話をしている。

そんな姿を見る度に、なぜだか私の居場所が失われていくような気持ちを覚え、そんな心の動きに落胆する。

……ああ、私は自分が思っていたよりも、心が狭いのだわ。

自分自身の残念な性格に落ち込み、気付いたらうつむいている。

そんな毎日を過ごすうちに、私は自分がどうすべきかが分からなくなってきた。

私は幼い頃からフェリクス様のことを想ってきて、彼とともに人生を歩むことを望んできたけれど、もしもアナイスを押しのけて得た場所だとしたら、それは正しいことなのだろうか。

もしかしたら私は、フェリクス様の幸福よりも、私自身の望みを優先させているのかもしれない。

そんな風に考える一方で、やっぱりフェリクス様とずっと一緒にいたいと考える。

ギルベルト宰相はアナイスを側妃に考えていると言ったけれど、フェリクス様はそのことについて、未だ一度も触れてこない。

つまり、宰相の希望と異なり、フェリクス様はアナイスを望んでいないのではないだろうか。

分からない。答えが分からない。

けれど、フェリクス様に正面から聞く勇気も出せない……アナイスを側妃に望んでいると答えられる可能性を考え、怖くて尋ねることができないのだ。

最後には、そもそも今の私は手紙で全てを告白し、フェリクス様の結論を待っている状態なのだから、このまま待っているのが正しいと自分に言い聞かせる。

そんな風に、常にまとまらない考えに囚われているためか、私は少しずつぼんやりするようになった。

自分の考えにいっぱいいっぱいで、何事かを言われても言葉が素通りしていき、上手く理解できないことが増えるようになったのだ。

そんな自分に落ち込むことの繰り返しだったけれど、ミレナに加え、義妹弟であるクリスタとハーラルトが私を慰めてくれた。

ミレナはぼんやりとしている私をかいがいしく世話してくれたし、クリスタとハーラルトは時間を見つけては私のもとを訪れてくれた。

二人はいつだって、まだ膨らんでいない私のお腹を撫でながら、赤ちゃんに話しかけてくれる。

そのため、二人といる時だけは、私は現実に戻ってきたような気持ちになって、会話を楽しむことができた。

「おはよう、ルピアお義姉様の赤ちゃん！　今日はとってもいい天気よ。お義姉様のお腹の中の次くらいには、気持ちがいいと思うわ。生まれてきたら、私が色々と教えてあげるからね」

クリスタは私のお腹に頭をくっつけながら、得意気な表情でお腹の子どもに話しかけていた。

対するハーラルトは、呆れたように姉を見やる。

「えー、だったら、クリスタお姉様はもう少しお勉強をしないと。ルピアお義姉様とフェリクスお兄様の子どもだから、この子はきっと頭がいいよ」

弟の言葉を聞いたクリスタは、馬鹿にした様子で頭を上げた。

「はん、フェリクスお兄様が賢いでずって？　ああいうのはね、カチコチの現実主義者っていうのよ！　見えるものしか信じないうえ、王として目に映るものを限定されていることに気付いていないなんて、愚の骨頂だわ!!」

「うーん、お兄様が現実主義者であることはその通りだけど、今回、これほど馬鹿になっているのは、ルピアお義姉様に傾倒し過ぎているからでしょう。自分が抱いている感情の大きさを理解していないから、あんな中途半端な行動を取り続けているんだよ。でも、大丈夫。ルピアお義姉様には僕がいるから。お兄様が好きでなくなったら、僕と結婚しようね」

そう言って、甘えた声を上げながらハーラルトが抱き着いてくる。

そんな弟を見て、クリスタは馬鹿にしたような声を上げた。

「何言ってるの、ハーラルトはまだ6歳じゃない！　お義姉様は17歳だから、11歳の年の差を超えて、結婚なんてできるわけないじゃない!!」

ハーラルトはきょとんとした顔をすると、私の手をぎゅっと握りしめた。

「そう？　僕は気にしないけど。だったら、僕が16歳になった時、お義姉様がフェリクスお兄様を嫌いだったら、僕と結婚しようね」

そんなハーラルトに対し、クリスタがわざとらしいため息をつく。

「仕方がないわね！　ハーラルトが相手だったら、ルピアお義姉様とは義姉妹のままでいられるから、許可してあげるわ！」

私の意見を聞きもせず、勝手なことを言い合う二人を、可愛らしくも愛おしく感じる。

笑いながら抱き着いてくる二人の温かい体を感じ、私の顔にも久しぶりに微笑みが浮かんだのだった。


その日、庭園を散歩していると、少し離れたところにビアージョ騎士団総長が立っていることに気が付いた。

2年ぶりの再会を嬉しく思って足を止めると、総長はゆっくりと近付いてきて深く頭を下げた。

「お久しぶりでございます、ルピア妃。我が国にお戻りいただきましたというのに、ご挨拶が遅くなり申し訳ございません」

ビアージョ騎士団総長はフェリクス様と一緒に戦場に出て、彼の帰国後も現場で陣頭指揮を執っていたと聞いている。

総長が帰国した話はまだ耳にしていなかったので、恐らく戦場から戻ってきた足で、すぐに私のもとに来てくれたのだろう。

彼への敬意と謝意を示すため、私は小さく頭を下げた。

「ビアージョ騎士団総長、長きにわたる戦場でのお勤め感謝いたします。総長のおかげで、多くの兵と民が守られたと伺っているわ。最後までありがとう」

私の言葉を聞いた総長は、恐縮した様子で首を横に振った。

「いいえ、ルピア妃。最もお守りすべき陛下を、私は危険な目に遭わせてしまいました。役割を果たしたとは言い難く、自分を恥じ入るばかりでございます」

「総長……」

フェリクス様が敵兵の刃を受けたのは、奇襲を受けたからだと聞いている。

しかも、フェリクス様の要望により、彼が一人離れたところで機密文書に目を通していた際に起こった出来事だったのだ。

だから、仕方がなかったことだ……とは、総長は考えないのだろう。

それどころか、フェリクス様が怪我をしたまま崖から落ちたことで、心臓が凍り付いたような思いを味わい、深い自責の念を抱いたに違いない。

ビアージョ総長のフェリクス様への忠誠心をありがたく思っていると、彼は言葉を続けた。

「ですが、そんな私に代わって、『虹の女神』が陛下をお助けくださいました。女神には感謝しかありません」

その瞬間、私はびくりと肩を揺らした。

そして、総長が何のために私のもとを訪れたのかを理解した。

……この国の民は、誰もが『虹の女神』を信奉している。

そんなスターリング王国において、王が女神に救われたと、バルテレミー子爵が公言したのだから、――ビアージョ騎士団総長を含めた全員が、そのことを信じたのだ。

特に、今回、総長たちはフェリクス様を死なせてしまった、と感じる場面を体験している。

そのため、瀕死の重傷を負っていたはずのフェリクス様が、無傷で生還する奇跡を目の当たりにし、女神を信奉する気持ちはますます強まったに違いない。

そんな彼らにとって、『女神の愛し子』は何よりも敬われるべき存在だ。

愛し子は『虹の女神』からの寵愛が深く、多くの祝福を与えられるため、『女神の愛し子』が側にいることで、女神からの祝福の恩恵にあずかれると信じられているのだから。

総長は生真面目な表情で私を見つめた。

「ここ数日、『虹の乙女』が王宮に滞在されていると伺っています。だからこそ、王や王妃を含めた皆様方が、平和に過ごすことができているのだと。このまま、『虹の乙女』に王宮に滞在していただき、誰もが安全に暮らされる日々が続くことを、愚臣としてお望みいたします」

――ビアージョ騎士団総長は、幼いフェリクス様の護衛騎士だった。

ずっと昔からフェリクス様を守り続けてきて、彼のためなら何だってする忠臣なのだ。

だからこそ、彼は『虹の乙女』をフェリクス様の側に置きたいのだろう。

なぜなら、総長は私に失望したから。

どこまでも優しい総長は、決してそのことを表情には出さないけれど、――武官トップの地位にあるのだから、私が身ごもっていることは既に知っているのだろう。

そして、多くの者と同じように、フェリクス様の子どもではないと考えているのだろう。

彼が私の妊娠について一言も触れないのは、そういうことだ。

だからこそ、総長は『虹の乙女』をフェリクス様の側妃として薦めに来たのだ――女神を称賛することで、言外に『虹の乙女』の貴重性を私に示し、彼の側にいることを推奨する形で。

……私は突然、全身にどっと疲れを感じた。

ビアージョ騎士団総長も『虹の乙女』を望んでいると理解したことで、胸に重い石が詰まったような心地になる。

なぜなら誤解に基づいた意見だと分かっていても、私は妃として不十分で、アナイスの方を望んでいると、はっきり言われた気持ちになったからだ。

雰囲気が似ていることから、総長をこの国における父のような存在だと勝手に考えていたので、衝撃が大きかったのかもしれない。

「……総長の気持ちは理解したわ。でも、……私にはまだ、何がフェリクス様のためになるのか分からないの。それは、私がこの国の生まれではなく、『虹の女神』の重要性を理解できていないからかもしれないけれど。……もう少し、時間をちょうだい」

　私が口にしたのは、その時の精一杯の答えだった。

✿✿✿

　私室に戻り、ビアージョ騎士団総長から受けた衝撃を受け止めようと、震える手を組み合わせていると、ミレナが言いにくそうに口を開いた。

「ルピア様……バルテレミー子爵家のアナイス様から、ご挨拶に伺いたいとのお申し出がきております……」

「……お通しして」

　私がどうすべきなのかは定まっていなかったけれど、このままでいいはずがないことは分かっていたため、そう返事をする。

　ちょうどいい機会なので、アナイスの話を聞き、私の気持ちを伝えようと思ったのだ。

　つまり、私は幼い頃からフェリクス様のことを想っていて、様々に努力をしてきたこと、そして、『虹の女神』の祝福はないけれど、私にできる方法で彼を手助けしていくつもりでいることを。

しばらくして入室してきたアナイスは、嬉しいことでもあったのか、抑えきれない笑みを浮かべていた。

そして、勧めた席にも座らず、興奮した様子で話し始める。

「ああ、王妃様、たった今、私が側妃としてフェリクス王のもとに上がることが、妃選定会議で認められましたの！　そのため、今後とも仲良くしていただきますよう、ご挨拶に伺ったのです!!」

「え……」

そんなはずはない。

だって、フェリクス様から何も聞いていないのだから。

「王は王妃様に直接お伝えしたかったようですが、急ぎの用事があると宰相に呼び止められたので、私が代わりにお伝えにまいりましたの。私と王はこれからすぐに式典に出席しますので、取り急ぎ、事柄だけでもお伝えしようと思いまして」

「…………」

何事かを発言しようと開いた口から声が出るよりも早く、アナイスが言葉を続ける。

「それで、王妃様はご存じないかもしれませんが、この国には正妃様が身に着けている宝石を、側妃となる者に下賜する慣習がございますの。ですから、その慣習に則って、何か一ついただきにまいりました」

そう言い終わると、アナイスはレースの手袋をはめた両手を差し出してきた。

突然の話に思考が停止し、現状を上手く把握することができない。

困った私が、救いを求めてミレナを見ると、彼女は強張った表情のまま唇を引き結んでいた。

ミレナが何事も訂正しないということは、アナイスが口にした慣習は間違っていないのだろう。

けれど、こんなにも突然、側妃の話が決まることがあるだろうか。

彼女の発言内容を信じられないと考える一方で、すぐに真偽が分かる偽りを、アナイスが口にするはずがないとも思う。

そこまで考えた時、先日の宰相の話が、事前予告であったのかもしれないと思い至った。

「……フェリクス様と、話をしたいので…………」

「あら、国王陛下は既に、式典会場へ向けて王宮を出発されたはずですわ。これから陛下と合流しますので、よければ私から王にお伝えしましょうか？」

高揚した表情で尋ねてくるアナイスに、私は無言で首を横に振る。

それから、真っ青な顔色のままアナイスを見つめると、かすれた声を出した。

「……でしたら、あなたには何も差し上げられないわ。フェリクス様の口から、話を聞かないことには……」

私の言葉を聞いたアナイスは、途端に激高した様子を見せた。

「まあ、常識知らずもいいところですわよ！　ギルベルト宰相から事前に話を聞いているでしょうに、まだ現実を認めることができませんの!?　大国の王女でもあった方が、宝石一つを出し渋るなんて、しみったれだと思われますわ」

アナイスはその後も何事かを声高に口にしていたけれど、ミレナがきっぱりとした態度で扉の外に押し出してくれた。

彼女がいなくなった途端、部屋の中にしんとした沈黙が落ちる。

私は自分が真っ青な顔色をしていることも、気分が悪いことも自覚していたけれど、ミレナに囁くような声で告げた。

「ミレナ、フェリクス様と話をしたいの……」

❁　❁　❁

「分かりました！　必ず本日中に国王陛下とお目通りが叶いますよう、お約束を取り付けてまいります。ですが、陛下のお戻りは夕方の予定です。今はまだお昼前の時間ですし、ルピア様は倒れそうな顔色をされていますので、少しでも体調をお戻しになられるよう休息を取られてください」

確かに気分が悪く、このままでは話の途中で倒れてしまいそうに思われたため、ミレナの提案を受け入れる。

私は長椅子に深く腰掛けると目を瞑り、フェリクス様の予定を思い出そうとした。

……確か、今日の予定は、午後から王都中央区で行われる収穫祭に出席されるのだったわ。

『虹の女神』にかかわるお祝いのため、『虹の乙女』であるアナイスも同席予定のはずだ。

目を瞑ったままでいると、どうしても二人が仲睦まじい様子で式典の席に並んでいる姿が浮かんでくる。

そのため、無理矢理目を開くと、ミレナから心配そうに見つめられた。

彼女の心配をありがたいと思いながら、小さく頷いて大丈夫な旨を伝えると、長椅子に頭をもたせかけてぐったりする。

どれくらいの時間、そうしていたのだろうか。

しばらくすると、少しばかり体調が戻ったことを自覚できたため、体を起こす。

そして、先ほどからずっと考えていたアイディアを、もう一度見つめ直してみた。

――私の希望は、フェリクス様の誤解を解いて、側妃の話を考え直してもらうことだ。

そのため、彼に一つのお願いをしようと考えた。

フェリクス様が側妃を娶ると決意された一番の理由は、恐らく私が別の男性の子どもを身ごもったと信じているせいだろう。

何の証拠も示せない私の手紙だけでは、私が魔女であることを信じることができなかったに違いない。

そのため、母国からの証言者が到着するまで、側妃の話を待ってもらうよう誠心誠意頼んでみるのだ。

フェリクス様は公平な方だから、きっと、私の願いを聞き届けてくださるはずだ。

――そう考えた正にその時、王宮の外がざわついていることに気が付いた。

何事かしらと耳をそばだてていると、騒音はどんどん大きくなっていき、大勢の者が声高に怒鳴り散らしている声が聞こえ始める。

多くの足音が響き、興奮した叫び声が飛び交う常ならざる事態に、不穏なものを感じていると、騎士の一人が部屋に飛び込んできた。

「国王陛下が毒蜘蛛に噛まれました！」

「えっ？」

私は反射的に立ち上がると、即座に部屋を飛び出した。

そんな私の後を、ミレナが慌ててついてくる。

「ルピア様、走るのはお止めください！　お腹にお子様がいらっしゃいますから、どうか、どうか!!」

ミレナの声にはっとして早歩きに変えると、私たちを先導する騎士が状況を説明してくれた。

「収穫祭の式典が始まってすぐ、陛下が国民から麦の穂を受け取る場面があったのですが、その際に、陛下目掛けて十数匹もの毒蜘蛛が投げ込まれたのです。その蜘蛛は、隣国ゴニア王国に生息する種類で、体の一部を失うと、狂暴化して見境なく噛みつく習性を持っています。発見されたものは、全て足が一本ずつもがれていましたので、作為的に陛下を襲わせたものと考えられます」

「ゴニア王国の仕業なのですか!?」

ミレナが驚いたような声を出す。

けれど、騎士は分からないと首を横に振った。

「現時点では、ゴニア王国の仕業かどうかは不明です。実行者は全て捕らえましたので、調査はこれからになります。ただ、使用された蜘蛛は猛毒を持っており……陛下を庇った騎士たちは、複数箇所を噛まれていたこともあり、全員王宮まで保ちませんでした」

騎士がわざわざ告げたということは、私に覚悟をしろということなのだろうか。

私の考えを肯定するかのように、騎士が緊張した様子で続ける。

「陛下が噛まれたのは一か所ですが、この毒には特効薬がありません。そのため、この毒蜘蛛に噛まれて生き延びた者は、これまでおりません」

話を聞き終わった途端、私は駆け出していた。

ミレナが制止の声を上げたけれど、止まれるはずもない。

行き着いたのは、王宮の入り口近くにある客間だった。

恐らく、フェリクス様の寝室は遠過ぎると判断した者たちによって、この部屋に運び込まれたのだろう。

一歩踏み入った先は、阿鼻叫喚の巷《ちまた》と化していた。

多くの大臣や貴族たちが髪を振り乱し、腕を突き上げながら大声で叫んでいる。

彼らの発言の半分は隣国ゴニア王国への報復を宣言する声で、残り半分は次の王としてハーラルトを望む声だった。

誰もがフェリクス様の死を確信し、彼の死後について話を始めている。

部屋の奥には長椅子が設置してあり、意識がない様子のフェリクス様が横たわっていた。

そして、彼の周りを、三人の人物が囲っていた。

一人はギルベルト宰相で、真っ青な顔で長椅子の前に跪き、同じ言葉を繰り返している。

「フェリクス王、フェリクス王！　どうかお目覚めください！」

フェリクス様の足元には、同じく顔色を失ったビアージョ騎士団総長が立っており、無言でフェリクス様を見下ろしていた。

両手の拳は固く握りしめられ、血が出るほどに唇を嚙みしめている。

そして、最後の一人はアナイスで、フェリクス様に覆いかぶさるようにして涙を流し、彼に別れの言葉をつぶやいていた。

なぜだかその光景を見た瞬間、『この場には彼に必要な人物が全て揃っているわ』と、すとんと現状を受け入れる気持ちになった。


フェリクス様の一の文官と、一の武官。

そして、『虹の乙女』。


ギルベルト宰相とビアージョ騎士団総長は、どちらもフェリクス様が生まれた時から彼を支え、彼のためになるようにと全てを整えてきた人物だ。

この二人にあるのはフェリクス様への純粋な敬愛で、私利なく行動していることは私にも分かっていた。

その二人が、――ものすごく有能で、それぞれ文官と武官のトップに上り詰めた二人がともに、フェリクス様の妃にアナイスが相応しいと判断したのだ。

だとしたら、その判断は正しいのだろう。

彼の側に私だけがいたいというのは、私の恋心から出る我儘なのだろう。

でも……と、私は心の中で独り言ちる。

それほどの思いがないと、彼の『身代わり』はできはしないのよ、と。

ものすごく痛くて、苦しくて、大切な人たちから何年も置いて行かれる行為なのだから、全てを引き換えにしてもいいと思えるほどの強い思いを抱かない限り、私の魔法は使えないのだ。

だから、――誰よりも大切な彼のために、『身代わり』の魔法を行使しよう。

そして、――彼の邪魔になるくらいならば、これで最後にしよう。

フェリクス様は優しくて、私がいる限り私を優先してくれるから。

けれど、彼はアナイスとも仲が良い様子だから、私がいなければ彼女に優しくするのだろうから。

――私はやっと、自分の置かれた状況を正しく見つめることができた。

そして、もう十分に、フェリクス様から優しくしてもらったのだと理解した。

私は彼から多くのものを与えられたし、幸せだったわ。

叶わなかったのは、彼の「たった一人」になること――それだけだ。

もしかしたら、もう少し時間を掛ければ、彼の気持ちは変わったかもしれない。

バドが戻ってきて説明してくれたら、母国から証言者が到着したら、彼を説得できたかもしれない。

でも、私がほしいものはそれではないのだ。

彼の身代わりとなるべき時に、私にとって彼がどれだけ大切な存在かを改めて理解したことで、私は気が付いた。

――突然、フェリクス様から『頭に角が生えた』と言われても、私は信じるだろう。

――根拠を示されることなく、フェリクス様から『明日、私は全ての記憶を失う』と言われても、私は信じるだろう。

私にとって、彼への思いはそのようなものだった。

分かっている。

フェリクス様が送ってきた人生は私のそれと全く異なるもので、常識を重んじる度合いや、恋愛に関する考え方、立場に伴う責任の重さに差異があることを。

そのため、私と同じ思いを持てるはずもないということを。

だからこそ、……彼はアナイスを側妃にすると決めたのだ。

いえ、まだ彼から直接説明されていないので、事実ではないのかもしれないけれど。

いずれにせよ……私がこのまま消えたとしても、彼の世界は回るだろう。

私が側にいれば、彼は私に優しくし、立場を整えてくれるけれど、私がいなくても彼の世界は正しく回っていくのだ。

ギルベルト宰相とビアージョ騎士団総長に支えられ、アナイスの手を取りながら。


――好きで、好きで、大好きで。

この人には傷一つ、苦しみ一つ与えたくないという思い。

その気持ちで、私は彼と向き合った。

だから、同じ気持ちがほしいと望むのは、夢見がちな『身代わりの魔女』の悪い特性だろう。

私は彼に、できないことを望んだのだから。


真っすぐにフェリクス様のもとに歩み寄っていくと、私に気付いた者たちが道を空けてくれた。

そのまま歩み続け、フェリクス様のもとで立ち止まると、ギルベルト宰相、ビアージョ騎士団総長、アナイスの三人が、はっとしたように一歩下がった。

宰相は尻餅をついたような体勢で、真っ青な顔を上げる。

「ルピア陛下、王は……、王に……」

けれど、間近でフェリクス様を目にした私には、宰相の言葉を最後まで聞く余裕はなかった。

なぜならフェリクス様の全身はどす黒く変色しており、一刻の猶予もないと悟ったからだ。

私が彼の両頬に手を掛けると、それが合図でもあったかのように、魔法陣が展開され始める。

失われた古代の文字が、まるで模様のごとく出現し、円陣を描くように形成されていく。

けれど、バドの力を借りることができないため、円陣はきらきらと煌めきながら足元に展開するだけで、フェリクス様を立体的に包み込むことはできなかった。

――――大丈夫。バドがいなくても、私は最善を尽くせるし、彼を救えるわ。

私はまっすぐフェリクス様を見つめると、魔女の言葉で宣言する。

**「古《いにしえ》の契約を執行する時間よ！**

**身代わりの魔女、ルピア・スターリングが贄《にえ》となりましょう！**

**不足は認めないわ！**

**フェリクス・スターリングの毒よ、一切合切躊躇《いっさいがっさいちゅうちょ》することなく、私に移りなさい!!」**

それから、まるで彼の毒を吸い込むように口付けた。

――足元で輝く魔法陣は、離れた場所にいた者たちには見えなかったのだろう。

そのため、突然訳の分からない言葉を発しながらフェリクス様に口付けた私を見て、多くの者は私が奇行に走ったと思ったようだ。

そのことを証するように、突然、まるで水を打ったように部屋がしんと静まり返る。

耳に痛いほどの静寂の中、フェリクス様の荒い呼吸音だけが響いた。

けれど、その呼吸音がみるみるうちに静かになっていき――誰もが、彼の呼吸が止まったのだと、王の死を確信した瞬間――フェリクス様はゆっくりと目を開けた。

「え……？」

「……なっ!?」

その場にいた全員が、――騎士も、大臣も、貴族も、侍医も、誰もかれもが、まるで死人を見るような表情を浮かべ、硬直してフェリクス様を凝視する。

誰一人として声一つ発することができない中、フェリクス様は横たわっていた長椅子から静かに上半身を起こした。

そんな彼の姿を見て、――このわずかな時間で、普段通りの顔色に戻った彼を見て、私の顔に笑みが零れる。

……ああ、よかった。

フェリクス様は無事だわ。

だから、……私は休んでもいいわよね。

身代わりで引き受けた苦しさと、全ての仕事を終えた後のような疲れが、一気に押し寄せてくる。

——さようなら、フェリクス様。

『好きで、好きで、大好きで。

この人には傷一つ、苦しみ一つ与えたくないという思い』

この気持ちには、怪我や病気の苦しみだけでなく、彼が思い悩むことからも解放したいという思いも含まれているから。

だから——私から、解放してあげる。

そう決意した瞬間、息苦しさとともに、強い眠気が襲ってくる。

「ルピ……」

誰かに名前を呼ばれたと思ったけれど、私の体はぐらりと崩れたようで、硬い腕に抱き留められた。

「……ルピア？」

まるで愛しいものを呼ぶような声で、フェリクス様に呼ばれたように思ったけれど……意識が朦朧としていたので、聞きたいものを聞いたのだろう。

——私はそのまま、真っ暗な世界に呑み込まれていった。

The self-sacrificing witch is
misunderstood
by the king and is given
his first and last love.

by TOUYA

# 番外編

The self-sacrificing witch is misunderstood
by the king and is given his first and last love

# 『宝物ガーデン』と『フェリクス様の味』

これはフェリクス様と結婚して4か月が経った頃のお話だ。

ミレナとともに王宮のお庭をお散歩していたところ、普段は足を踏み入れない一画に庭らしきものがあることに気が付き、覗いてみることにした。

そこは私の私室から近い場所にあったのだけれど、区画への入り口には目隠しするように中木が植えられていたため、これまでその一画に気付かなかったのだ。

「まるで隠しガーデンだわ」

新しい冒険をするようなわくわくした気持ちになって一歩踏み出すと、その区画は他の場所と全く趣が異なっていた。

「まあ、こんな場所があったのね」

王宮の庭と言えば、美しく整えられた花々や木々が植えられているのが常だけれど、そこには花が一本も植えられていなかったからだ。

その代わり、様々な種類の木がたくさん植えられている。

ただし、それらは観賞するためのものでなく……。

「ここは、『果物ガーデン』とでも呼べばいいのかしら？　植えてあるのは、食べられる果実を付ける木ばかりだわ」

赤い果実、黄色い果実、紫の果実、ピンクの果実といった、色とりどりの果実を付け始めたたくさんの種類の果物の木を見回しながら、私ははしゃいだ声を上げた。

全ての木が、たっぷりと太陽の光を浴びることができるように、きちんと計算されて植えられている。

「王宮の庭に、このような一画があるとは思いもしなかったわ。王宮らしくない趣だから、入り口を隠してあったのかしら。これらの果物は、非常の際の食料用として栽培してあるのかしらね？」

でも、非常用だとしたら、果物よりも穀物や野菜を栽培するものでしょうし……と、不思議に思っていると、後ろから焦ったような声が響いた。

「お、お、お、王妃陛下！　こここのような場所にお越しくださるとは……！　あ、あちらに、綺麗な花が咲く区画がありますので、よかったらご案内します」

振り返ると、庭師が慌てた様子で駆け寄ってくるのが見えた。

しきりと別の区画への移動を勧められるので、私はこの場所にいてはいけないのかしら、と疑問を覚える。

「……もしかして、ここは入ってはいけない区画だったのかしら？」

そうだとしたら申し訳ないことをしたわね、と思って尋ねると、庭師は答えられないとばかりに口を噤《つぐ》んだ。

その態度が答えとなっていたので、まあ、私はこの一画に出入り禁止なのね、と慌てて出て行こうとしたところで聞き慣れた声が響く。

「エルマー！　そこにいるのか？」

……それは、フェリクス様の声だった。

思わず庭師を見つめたところ、絶望的な表情を浮かべられたので、私は『静かにしましょう』との気持ちを込めて、自分の唇に人差し指を当てる。

それから、ミレナとともに大きな木の陰に隠れた。

庭師の表情から、私をこの区画に入れないようにと命じた者がフェリクス様であることを悟ったため、彼に見つかったら、庭師が怒られるかもしれないと思ったからだ。

そのため、隠れてやり過ごそうと考えながら、木の陰で息を殺していると、ほどなくしてフェリクス様が現れた。

彼は庭師を見つけると、咎《とが》めるような声を出す。

「やはりここにいたのか。なぜ返事をしない」

「あ、あ、あ、申し訳ありません」

あわあわと謝罪する庭師を前に、フェリクス様は嘆息すると、肩を竦めた。

「まあ、いい。お前の仕事は私に返事をすることではなく、庭を適切に整えることだからな」

そう言って庭師の肩をぽんと叩くと、フェリクス様は一本一本の木に歩み寄り、丁寧に木々の状態を見て回った。

「どの木もよく育っているな。果実も少しずつ色付いてきているし、来週になればルピアにこの場所を披露できるだろう」

「えっ、私？」

息を詰めて様子をうかがっていたけれど、思いもかけず自分の名前が出されたため、思わずつぶやいてしまう。

けれど、すぐにはっとして、慌てて両手で口元を押さえると、気付かれなかったかしらと心配しながらフェリクス様に視線をやった。

幸運なことに、私の小声はフェリクス様に聞こえなかったようで、彼は熱心な様子で庭について語っていた。

「考えたのだが、この庭の名前は『宝物ガーデン』とするのはどうだろう？　ここには、王家以外は栽培が禁止されている、リバの木を植えているからな。庭の名前を聞いた者は誰だって、この場所に植えられているリバの木を、宝物と称したと考えるだろう」

「は、はい」

木の陰に隠れている私に配慮しているのか、庭師は口数少なく相槌を打つ。

「だが、実際に『宝物』が意味するのは『王妃』のことだ。なぜならこの庭は、王妃のために整えたものだから、『王妃ガーデン』と名付けるべきで、それを『宝物ガーデン』と言い換えるのだからな。つまり、私にとって『王妃』は『宝物』ということなのだが……さすがに、このことが世間に知られるのは恥ずかしいな。だから、ここだけの秘密だぞ」

「は、は、はい」

「感想はそれだけか？　どうしたんだ。いつもはもっと饒舌《じょうぜつ》なのに、今日は愛想がないな」

庭師が普段になく口数が少なくなっているとしたら、それはやっぱり、隠れている私を意識しているからだろう。

フェリクス様が口にされているのは、私がいないと思って発言された言葉ばかりなのに、実際には隠れた私が全てを聞いているのだから、庭師はいたたまれない気持ちになっているのだ。

けれど、そのことが分かるはずもないフェリクス様は、庭師に念を押していた。

「いいか、もしも王妃にこの庭の名前の由来を聞かれることがあっても、絶対に答えるんじゃないぞ」

……大丈夫です。私は絶対にこの庭の名前の由来を聞きません。

「それから、この庭のことは王妃には内緒だぞ。突然、彼女を連れてきて、驚かすつもりだからな」

……これまで演技をしたことはありませんが、これから驚く演技を特訓します。

——そして実際に、その日から毎日。

生暖かい表情を浮かべたミレナとともに、私は驚く演技を練習し続けたのだった。


その甲斐あって一週間後、フェリクス様から『宝物ガーデン』を披露された際に、私はとても上手に驚くことができた。

「ルピア、この庭は君のために用意し」

「まああ、こんなところにお庭があったなんて！　すごくすごくびっくりしました!!」

「……私が言い終わらないうちに、君が言葉を発するのは珍しいね。そんなに驚いたの？」

フェリクス様から戸惑ったように尋ねられたのはご愛敬《あいきょう》だ。

ちなみに、先日、こっそりと訪れた際には、『宝物ガーデン』の入り口を塞《ふさ》いでいた中木は、いつの間にか取り除いてあり、庭の名前を記した可愛らしい看板が飾ってあった。

フェリクス様自ら庭を案内し、果物が好きな私のために準備したのだと説明してくれたけれど……その言葉の端々に私への思いやりが見て取れたため、私の顔はだんだんと赤くなった。

「ルピア、顔が赤くなっているが、もしかして陽にあたり過ぎたのかな？　すまない、私の説明が長過ぎたようだね。君の体が弱いことを失念していた」

肩に掛けていたマントを取り外し、陽を避けるように私の頭から被せてくれたフェリクス様の申し訳なさそうな表情を見て、私は慌てて言い募る。

「い、いえ、そうではありません」

先日、盗み聞きをしたことで、彼がどれだけ私を大切にしてくれているかを理解し、普段であれば気付かなかったであろう彼の優しさに気付くことができて、気恥ずかしくなっているだけだ。

「あの、嬉しくて……興奮しているだけです！　フェリクス様、こんなに素敵なお庭を用意してくださって、本当にありがとうございます」

忙しい彼が無理をして、私のためにものすごく尽力してくれたことは理解していたため、正しくお礼を伝えなければいけないと思い、必死になって感謝の言葉を口にする。

すると、フェリクス様は私の勢いに驚いた様子を見せたけれど、すぐに照れたように微笑んだ。

「どういたしまして。君が喜んでくれたのなら、この庭を造った甲斐があったよ」

それから、フェリクス様は手ずからピンクの果物を摘んでくれた。

小さな一口大の果実を目の前に差し出されたため、気恥ずかしく思いながらもぱくりと口にすると、それはとっても甘くて優しい味がした。

「フェリクス様、あなたみたいな味がするわ」

素直に思ったままの感想を口にすると、フェリクス様は動揺した様子で頬を赤くした。

「わ、私の味!?　ル、ルピア、そそそれは……」

「ええ、とっても優しい味だわ」

にこりと笑って答えると、フェリクス様は虚を衝かれた表情を浮かべる。

「優しい？　……あ、ああ！　『優しい味』を『私みたいな味』と表現したのか。つまり、私は優しいと言ってくれたのだな。それだけだな。これは……ルピアの言い換えは、私の言い換え以上に衝撃的だな。翻弄される」

一瞬にして疲れ果てた様子を見せたフェリクス様だったけれど、すぐに気を取り直したように頭を振ると、優しい微笑を浮かべた。

「気候が異なるから今すぐは難しいが、……ルピア、いずれはここに、ディアブロ王国の果物も植えたいと思っている」

その言葉から、私は彼の優しい思いを理解する。

……ああ、フェリクス様は私が寂しさを感じないようにと、母国の食べ物をいつでも食べられるようにしてくれるつもりなのだ。

こんなに優しくて素敵な王様は、世界中を探してもいやしないわ。

だから、――――フェリクス様と結婚できた私は、世界一の幸せ者ね。

『宝物ガーデン』で、たくさんの果物の木々に囲まれながら、私は心からそう思ったのだった。

# 朝も昼も夜も、君と幸せを

【SIDE国王フェリクス】


——私はずっと、自分が恋に落ちることはないと考えていた。

なぜなら自分の理性や冷静さをかなぐり捨てて夢中になり、その者だけを特別に扱い出すなど、相手がよほどの美徳を兼ね備えていなければ発生しない事象だからだ。

そして、それほど優れた相手などいるはずもないのだから恋に落ちることはない、と安直に考えていた。

妃となったルピアのことを知るにつれて、そんな考えは粉々に吹き飛ばされたのだが……。

ルピアは、ある日突然私の心を奪い去ったのではなく、その優しさと穏やかさで、少しずつ少しずつ私の心に入り込んできた。

そして、思いやりや誠実さ、愛されることがどういうものかを私に教えてくれた。

不思議なことに、ルピアと接するようになって初めて、私は両親から一度も愛されたことはないのだと理解した。

本物の愛情に触れたことで、偽物が分かるようになったのかもしれない。

……ああ、私の髪が3色に変化してから、両親は私を慈しむ態度を見せ始めたが、その裏には、私が理想通りの存在に変わったことに満足する気持ちがあっただけで、「たとえどんな子だとしても」「心から愛する」気持ちはなかったのだと理解する。

一方、私は家臣たちに恵まれたが、――――彼らの忠誠心を疑ったことは微塵《みじん》もないが――――彼らが勝手に私の「理想的な姿」を築き上げ、私をその姿に近付けるために尽力していることに気が付いた。

――――ルピアだけだ。

私の気持ちや望みを大事にし、ただ快適に楽しく生活できるようにと心を砕いてくれる存在は。

常に気に掛けられ、大切にされることがこれほど心地いいものだと、私は初めて知った。

そして、一度知ってしまうと、この快適な環境から抜け出したくなくなり、私に心地よさを与えてくれた彼女を大切にしたいと強く思い、側から手放せない気持ちになった。

国王として即位したばかりの私は忙しく、それこそ分刻みのスケジュールが組まれる日も多かったが、少しの時間を見つけては彼女のもとに通い詰める。

そんな私に対して、ルピアはいつだって幸せそうに微笑んでくれるのだ……頬を赤く染め、目を輝かせながら。

……ああ、彼女が可愛い。

はにかんだように微笑む彼女は愛らしく、その薔薇色の頬を齧《かじ》りたくなる。

レストレア山脈の積雪のように輝く白い髪を指に絡め、口付けてみたくなる。

国花であるシーアと同じ色の瞳に、私の姿だけを映してみたくなる。

なのに、彼女は私の心情など欠片も知らず、少女のような純粋さで見つめてくるから……。

私は激情のままに彼女を貪ることなく、大切に、大切に、優しくしようと思う。


「……ルピア、君は笑うとえくぼができるんだね」

朝食に誘うため、朝からルピアの私室を訪れると、笑顔とともに迎え入れてくれた彼女の頬に可愛らしいくぼみを見つけ、私はそう口にした。

すると、ルピアはびっくりした様子で目を丸くする。

「えっ、えくぼ？」

彼女は即座にドレッサーに向かうと、いろいろな角度から鏡に顔を映していたが、「見つからないわ」とつぶやいた。

そのがっかりした様子が可愛らしく、私はルピアに近付くと、頬を指でつつく。

「笑った時に現れるのだから、笑顔にならないと見られないのじゃないかな」

「まあ」

彼女はもう一度鏡に向き直ると、いくつも作り笑いを浮かべていたが、やはりえくぼが現れることはなかった。

「……見つからないわ」

「ははは、作り笑いではなく、自然に笑みを浮かべた時にしか現れないのかもしれないね」

そう返すと、ルピアから不思議そうに見つめられる。

「どうしてフェリクス様はそんなに楽しそうなの？」

指摘されて初めて、自分が声を上げて笑っていたことに気が付いた。

「ああ、……君自身も知らなかったえくぼに、私が一番に気付いたことに浮かれているのかもしれないな」

「まあ」

驚いたように目を丸くしたルピアを見ながら、私も心の中で自分自身に驚く。

――今日は、気の重くなる会議が何本も予定されているため、目覚めてからずっと、議事の内容を考えて気が滅入っていた。

にもかかわらず、ルピアを見ただけで悩みを忘れ、笑みが零れるのだから、私は一体どうなってしまったのだろう。

彼女はやはり優れた魔女で、私に魔法をかけたのかもしれない――楽しくなって、笑みが零れ落ちる魔法を。

「これだから、どんなに睡眠時間が不足していても、朝早くに会議を入れたいと要望されても、彼女との朝食は外せないのだ」

それがどんな日であろうとも、彼女はいつだって、朝一番に私を笑顔にしてくれるのだから。

「え？　ごめんなさい、よく聞き取れなかったわ」

小声でつぶやいた独り言の内容を聞き返されたため、私は誤魔化すような笑みを浮かべた。

「君と朝食を取ると元気になるな、と言ったのだよ」

「まあ……私もよ」

一瞬にして頬を赤く染めたルピアを見て、とても可愛らしいと思う。

朝食室まで移動しようと、彼女の片手を取って私の腕に掛けさせると、赤かった頬がもっと真っ赤になった。

私の妃は本当に可愛らしい。

✿　✿　✿

午前中は予想通り忙しく、一息つくことができたのは、正午をだいぶ過ぎた頃だった。

「フェリクス王、このままではいつか倒れてしまいます！　もう少しスケジュールを抑えてください!!」

宰相のギルベルトから苦情を言われたが、体力には自信があるため、倒れることはないだろうと考えて話を流す。

「今は即位直後だから特に忙しいだけだ。そのうち落ち着くさ」

「……同じ言葉を3か月前にも聞きました。皆は少しでもフェリクス王との時間を持ちたいと熱望しているので、陛下が指示しない限り、公務が減ることはありませんよ！　……ところで、昼食をまだ取られていませんが……」

「ああ、夕食を早めに取ることにしよう」

机の上に溜まった書類の多さを確認し、時間が惜しいと昼食を抜かそうとしたところ、ギルベルトはわざとらしいため息をついた。

「そうですか。先ほど王妃陛下がいらっしゃって、差し入れを置いて行かれましたが、それでしたら」

「やっぱり空腹のようだ。今すぐ食べることにしよう」

ギルベルトの言葉を遮るように発言した私を見て、彼はもう一度わざとらしいため息をついた。

そんな彼に気付かない振りをすると、私は机の正面に積み上げてあった書類を横にどかす。

すると、従僕がすかさず籠を差し出してきた。

籠を受け取り、その中に入っていた暖かな色合いの包みを開けると、中からクフロスが出てくる。

「私の好物だ」

誰にともなくそう言うと、私は一つを取り出し、大きな口で齧りついた。

恐らく昼食の時間に合わせて持ち込まれたであろうそれは、既に冷えていたが、ルピアがいくらかでも手伝ったのだと考えるだけで、温かさを感じるように思われるから不思議なものだ。

大国の王女であったルピアが実際に料理をすることはないのだろうが、少なくとも彼女は厨房に足を運び、結構な時間をそこで過ごしていると聞いている。

私に届ける料理に関心を持っていることは確かだろうし、そう考えるだけで、届けられたクフロスに彼女の優しさが詰まっているような気持ちになる。

あっという間に一つ食べ終えると、私はふと思うところがあってクフロスを二つに割ってみた。

我が国の伝統料理は、野菜の色によって切り方が決まっている。

赤い野菜は三角に、茶色の野菜は丸く、緑の野菜は四角に、という風に。

さすが王宮料理人たちの手によるものだけあって、きちんとルール通りに茶色の野菜は丸く、緑の野菜は四角にカットしてあった。

ルピアが厨房にいたのであれば、このような我が国独自の切り方を学んでくれると嬉しいなと考えていると、ふと赤い野菜が目に入った。

赤い野菜の形は三角であるべきだが、形が歪んでいるように思われたため、指でつまみ出す。

それから、目の前に持ってきた赤い野菜を眺めたのだが……たっぷり10秒ほど静止したのは仕方がないことだろう。

なぜならその赤い野菜は、三角形でなくハート形をしていたのだから。

「フェリクス王?」

動きを止めた私を不審に思ったギルベルトが声を掛けてきたため、私は慌てて赤い野菜を口に入れた。

「……いや、結構な数を差し入れてもらったなと思ってな」

籠の中を覗きこんでみると、10個ほどのクフロスが並べてあった。

「でしたら、前回のように、余った分は文官たちに回しましょうか?」

そんなものダメに決まっている!

「いや! 今から半分食べるし、残った分は夜に食べる!」

「……そうですか。それは大した食欲ですね」

呆れたようにそう言ったギルベルトは、つい先ほど昼食を抜こうとした私のことを思い出しているのだろう。

「まさかとは思うが、前回差し入れてくれたクフロスの赤野菜も、ハート形にカットされていたわけではないよな」

「え、何か言われました?」

「いや! ……うまいなと言っただけだ」

ギルベルトは白けた表情を浮かべると、自分の席に戻って書類を処理し始めた。

最近は、彼のこのような表情をよく見るなと思いながら、二つめのクフロスを腹に収める。

それはやはり美味しくて、ハート形の赤野菜が入っていたと気付いたことで、特別な料理を食べたような気持ちになった。

王宮料理人が独断で野菜の切り方を変えることはありえない。

そのため、ルールとは異なった形にカットされていたのは、間違いなく王妃であるルピアの指示なのだろう。

だが、ハート形と言えば、一番に連想するのは心だ。私に心を捧げてくれるとか、そういった意味なのだろうか……いや、考え過ぎか……だが……。

「フェリクス王！　にやにやとした締まりのない表情になっていますよ！　お気を付けください」

離れた場所で仕事をしているギルベルトから注意された私は、籠を膝の上に載せると、椅子をくるりと反転させて彼に背を向けた。

……会うことができないのだから、せめて彼女のことを想像させてくれ、と考えながらギルベルトに表情を見られない姿勢を確保する。

だが、そうか。私はまたも笑っていたのか。

彼女はこの場にいないというのに、これほど楽しい気持ちにさせてくれるのだから恐れ入るな。

そう考えながらも、私は再度ルピアのことを思い、笑みを浮かべたのだった。

夜も更けた時間となった。

しかしながら、普段と比べると早く仕事が終わったため、もしかしたら起きているかもしれないと期待しながら、ルピアの寝室につながる内扉を控えめにノックする。

すると、応える声があったため、私は嬉しくなって扉を開けた。

柔らかなランプの光の下で見る彼女は相変わらず可愛らしく、私はソファに座っていた彼女にぴたりとくっつく形で隣に座る。

差し入れてもらったクフロスのお礼とともに、赤い野菜の形について言及すると、彼女の頬は一瞬にして真っ赤になった。

「えっ、えっ、そ……」

どうやら気付かれるとは思っていなかったようで、そして、彼女の表情から意図的にハート形にしたことは間違いないようで、あわあわと慌てている。

ルピアは何かを言いかけたが、結局言葉にならなかったようで、はくはくと空気を吐き出した後にきゅっと口を閉じた。

俯《うつむ》く彼女の首が真っ赤になっているのが、とても可愛らしいと思う。

しかし、一方では困らせてしまったなと反省する気持ちが湧いてきて、私は話を切り替えることにした。

そのため、今日一日の出来事を思い出しながら、面白そうな場面だけを切り出して、彼女に披露する。

すると、彼女は俯いていた顔を上げ、興味深そうに耳を傾け始めたので、私はほっと胸を撫で下ろした。

話がひと段落したところで、彼女の髪が少し乱れていることに気付き、上体を倒すようにして手を伸ばすと、ルピアは私の頭を見て目を丸くした。

それから、ルピアの口元がぴくぴくと震え出したかと思うと、すぐに鈴を転がすような可愛らしい声で笑い出す。

「あっ、ごめんなさい。フェリクス様を笑っているわけではなくて、髪がぴょこりとはねているのがとっても可愛らしくて。うふふふふ、フェリクス様は背が高いから、上体を倒されるまで気付かなかったわ」

「ああ、君が眠ってしまう前にお礼を言いたいと思って、洗髪後、髪をろくに乾かさずに来てしまったからね。髪がはねていても不思議はないな。廊下も少し走ったから、さらにはねたのかもしれない」

彼女の笑い声を聞いていたくて、おどけた調子でそう続けると、彼女は楽しそうに笑い続けてくれた。

その頬にやっぱり朝に見たえくぼが浮かんでいたため、私の顔にも笑みが浮かぶ。

「ルピア、またえくぼが現れているよ」

そう言うと、ルピアは笑顔を納めて、困惑した表情を浮かべた。

「フェリクス様、えくぼの話だけど……これまで一度も、実家の家族を含めて誰にも指摘されたことはなかったの。今日、色々な方に確認してもらったけど、ミレナと話をしていても、バドと話をしていても、クリスタやハーラルトと話をしていても、えくぼは現れないって言われたわ。あなたと接した時と同じように笑っていたつもりだけど、同じようには笑えていなかったのかしらね。えくぼが出るのは、あなたの前で笑う時だけみたい」

その言葉を聞いた途端、何とも言えない感情が押し寄せてきて、胸が詰まった心地になる。

「…………私だけが、見られるものなのか？」

掠れた声でそう尋ねると、ルピアは柔らかい笑みを浮かべた。

「ええ、そうみたい。あなたが私に、えくぼを運んできてくれたのだわ」

そう言って、幸せそうに微笑んだルピアの頰にもう一度えくぼが浮かぶ。

そんな彼女の表情を見た私の胸に、はっきりとした痛みが走った。

……ああ、彼女が可愛い。

可愛くて、可愛過ぎて、ルピアが目の前にいるだけで感情が高ぶり、胸が痛くなる。

私は表情を隠したくて、彼女の首元に顔を埋《うず》めた。

「ルピア、……側にいてくれてありがとう」

「えっ、あの……私の方こそ……お側にいられて嬉しいです」

ルピアは小さな声で恥ずかしそうにそう答えた。

……本当に、こんなに可愛らしく愛らしい妃は、世界中を探してもいやしない。

――朝も昼も夜も、ルピアがいてくれるだけで、私は幸せだった。

# 可愛い弟妹との約束

「おねーさま、おきてるー？」

コンコンと小さなノックの音に続いて、可愛らしい声が響いた。

夜も遅い時間だったので、急いで扉口まで歩み寄って扉を開ける。

すると、大きな枕を持ったハーラルトとクリスタが立っていた。

「まあ、ハーラルト、クリスタ、こんな夜遅くにどうしたの？」

驚いて尋ねると、ハーラルトがぴとりと私にくっついてきた。

「雨がたくさんふってきたでしょ。こんな日はかみなりがぴかぴかするから、おねーさまがこわいんじゃないかと思って、ハーがくっつきにきたのよ」

「まあ、私のためにわざわざ訪ねてきてくれたの？　ハーラルトのお部屋は遠いし、窓から見えるお外は暗いから、怖かったでしょう？」

4歳の少年の優しさと勇敢さに驚いていると、クリスタも弟と同じように、ぴとりと私にひっついてきた。

「だから、ハーラルトが怖くないように、私が付いてきてあげたのよ」

クリスタの勝気そうな口調が可愛らしく、私は両手で二人の頭を優しく撫でる。

「二人ともありがとう。ちょうど雨音が響いてきたわ、と心細く思っていたところだったの」

そう言いながら、私は二人を部屋に招き入れた。

私がベッドの上に座ると、二人もベッドに乗り上げてきて、私の両脇に座る。

二人が手に持っている大きな枕が気に掛かったため、私は疑問に思うまま尋ねてみた。

「ところで、二人はどうして枕を持っているのかしら？」

「私もハーラルトもお気に入りの枕があるから、眠る時はそれを使うようにしているのよ！　だから、持ってきたの」

「つまり、二人はここで眠ってくれるのかしら？」

クリスタの言外の意味を正確に読み取ろうと思って確認すると、クリスタに代わってハーラルトが大きく頷く。

「おねーさまはきっと、かみなりのぴかぴかがこわくて、一人でねむるとぶるぶるふるえちゃうからね。クリスタねーさまとハーの三人でねむればこわくないよ」

「そうなのね」

二人の優しさにほっこりしながらも、私はふとフェリクス様のことを考えた。

もしもこの後にフェリクス様が私の部屋を訪ねてきたら、彼の弟妹がいることにびっくりしないかしらと心配になったからだ。

なぜなら最近は、フェリクス様が夜遅くに訪ねてくる時がまれにあるからだ……けれど、よく考えてみると、そのほとんどは私が差し入れをした日に限定されていた。

礼儀正しくて律儀な彼は、翌朝の朝食時ではなく、その日のうちにお礼を言おうと、わざわざ私の部屋まで顔を出してくれるのだ。

「そう考えたら、今日は何も食事を差し入れていないので、訪ねてくる可能性は低いわね」

小さな声でつぶやくと、ハーラルトから問い返される。

「えっ、おねーさま、何か言った？」

「ううん、何でもないわ。つまり、……ハーラルトとクリスタの侍女には、二人が私の部屋に泊まることを知らせておかないと、心配されると思ったの」

私の言葉を聞いたクリスタは、勝ち誇った表情を浮かべるとふんぞり返った。

「そこは問題ないわ！　騎士たちにこの部屋まで送ってもらったけど、今晩はお義姉様の部屋に泊まるって彼らに伝えてきたから」

「まあ、さすがクリスタね！」

こんなに周りのことを考えることができる7歳児は、他にいないのじゃないかしら。

それから、私たちは笑いながらベッドに枕を三つ並べると、ハーラルト、私、クリスタの順に並んで眠ることにした。

既に夜も更けた時間だったので、ベッドに横になった途端、二人は眠りに就くかと思ったけれど、ちっともそんなことはなかった。

それどころか、普段にない環境に興奮しているようで、瞳をきらきらさせながら色々な話を披露してくれる。

大きなぴかぴかの木の実を拾ったことや、草花の汁で爪に色を塗ったこと、ギルベルト宰相の着替え用の服にとげがある植物の種をたくさんくっつけたことなどを。

二人の話はどれも面白かったけれど、最後の話を聞いた途端、ぴたりと笑いが止まる。

「ええと、どの話もとっても面白かったけれど、最後の話はどうなのかしら。ギルベルト宰相はすごく困ったのじゃないかしら」

けれど、私の予想に反して、クリスタとハーラルトは渋い表情で頭を横に振った。

「それがちっともそうではなかったのよね。これがお洒落な人ならば、自分の服に草の種が付いたことを嘆くのだろうけど、宰相は身だしなみに気を遣わないタイプだから全く動じなかったのよ。お付きの者が慌てて種を取り除こうとしていたけれど、途中で宰相は『時間がないからもういい。そのうち自然に取れるだろう』とか言って、そのまま着ちゃったし」

「ギルのおどろく顔がみたくて、クリスタねーさまと2じかんもへやの中にかくれていたのに、ギルはぜんぜんおどろかなかったんだよ。それどころか、ふだんどーりだったから、クリスタねーさまがおこりだしたんだ。『こんなことなら、やらなきゃよかった！』ってね」

「ま、まあ、そうなのね」

それから、話はフェリクス様のことに移っていった。

私の知らない彼の話をにこにこと笑いながら聞いていると、ハーラルトが大きな目で私を見つめてきた。

「おねーさまはおにーさまが好きなの？」

「えっ？」

突然のストレートな質問に、どぎまぎしながら口を開く。

「そ、それは、フェリクス様は優しくて、思いやりがあって、努力家で、思慮深くて……」

彼の美点を思い付くまま挙げてみたけれど、二人が退屈そうな表情を浮かべたので、聞きたいのは違うことのようだわ、と話を切り上げる。

「ええと、つまり……フェリクス様にはいいところがたくさんあるから、誰だって彼を好きになると思うわよ」

私の言葉を聞いたハーラルトは、嬉しそうな笑みを浮かべると、ぎゅっと私に抱き着いてきた。

「よかった！　ハーはおにーさまそっくりだから、大きくなったらおにーさまみたいになるよ。だから、おねーさまは大きくなったハーを大好きになってね」

まあ、何て可愛らしいことを言うのかしら。

「もちろんよ、ハーラルト！　あなたが成人するのは10年以上も先の話だけれど、すごく楽しみだわ。ハーラルトはフェリクス様にそっくりだけど、彼よりも少し目が垂れているから、皆はより親しみやすさを覚えるんじゃないかしら。きっと誰もがあなたを大好きになるわ」

私の言葉を聞いたクリスタが、心配そうに尋ねてくる。

「私は？　私の目はつり上がっているから、親しみやすくないかしら？」

「もちろんそんなことはないわ！　クリスタの目はきりりとしていてとっても素敵よ。本当はね、私はクリスタみたいにきりりとした王女様になりたかったのよ」

クリスタはびっくりしたように目を丸くすると、両手をぶんぶんと振った。

「まあ、それは止めた方がいいわ！　お義姉様は今のままで完璧だから、そのままでいてちょうだい！　うふふ、でも、お義姉様が私の目を好きだと聞いて嬉しいわ。大きくなった私はもっときりりとした王女になるから、そんな私のことも好きでいてね」

クリスタまで、とっても可愛らしいことを言ってくれる。

「もちろんよ、クリスタ！　二人とも大好きだわ」

そう言って、私の大切な宝物を両腕で抱きしめ、二人ともとっても温かいわーと思ったところで、私の記憶は途切れている。

翌朝聞いたら、二人も同じところで記憶が途切れていたので、三人で同時に眠りに就いたようだ。

二人が泊まりに来てくれた夜は、確かに雨が酷く、雷も光っていたのだけれど、夢中になって話をし続けていた私たちは、雷が光ったことにも気付かなかった。

——そして、翌朝。

私の寝室を訪れたフェリクス様は、彼の弟妹が私と一緒に眠っている姿を見つけ、一瞬目を見張ったものの、——「私の家族が楽しそうで何よりだ」と微笑まれたとのことだった。

# アスター公爵イザークと身代わりの魔女

これは私がスターリング王国に嫁ぐ前、ディアブロ王国にいた時のお話だ。

私には両親と四人の姉、一人の兄がいるけれど、家族と呼べるほど仲のいい相手がもう一人いた――従兄のイザーク・アスターだ。

イザークは私と同い年で、金髪碧眼《へきがん》の麗しい貴公子だ。

加えて、大国ディアブロ王国の中でもナンバーワンの大貴族家の当主だったため、多くの女性が彼に憧れていたけれど、イザークは誰の手を取ることもなかった。

そのことを常々不思議に思っていた私は、フェリクス様との結婚式を2か月後に控えたある日、王宮に遊びに来ていたイザークに直接尋ねてみることにした。

彼は幼い頃から王宮に入り浸っており、まるで家族のように多くの時間を一緒に過ごしてきたので、思ったことは何だって気軽に言い合える間柄なのだ。

「イザークには好きな人はいないの？　公爵閣下で、何でもできて、容姿がいいから、女性の皆様からものすごく人気があるのよ」

イザークはじとりと私を見つめると、ため息をついた。

「ルーは残酷だよね。君が早々にお相手を決めるから、僕があぶれちゃったんじゃないか」

「まあ、イザークならば世界中のどんな女性の手でも取れるわよ！　私一人くらいいなくても、候補者はたくさんいるのだから、何の問題もないわ」

「僕は好みがうるさいんだよ。お人好しで、疑うことを知らない、一人では生きていけないようなお姫様が好きなんだ」

「イザーク！」

完全に茶化されていると思ったため、酷いわと思いながら名前を呼ぶ。

「もう、私は真剣に心配しているのに」

「ふうん、自分は結婚間近だから、僕の心配をしてくれる気になったってこと？　だとしたら、君が結婚を取り止めてくれれば、問題は解決するんだけどな」

「イザーク……」

彼がちっとも真剣に取り合ってくれないため、そんなに私は頼りにならないのかしら、とふにゃりと眉を下げると、彼はしまったとばかりに両手を上げた。

「あっ、ごめん！　冗談だよ!!　……こればっかりは諦めるより仕方がないかな。魔女は不幸を背負っている者に魅かれる傾向にあるが、僕はずっとルーと一緒にいたから、これまで不幸を感じたことがないからね」

イザークはそう言うと、話題を変えたいとばかりに、「お腹は空いてない？」と唐突に尋ねてきた。

そういえば、そろそろおやつの時間かしらと思いながら、「甘いものなら入るわ」と答えると、彼は控えていた侍女に合図をする。

すると、私の大好きなフルーツが皿に盛られて運ばれてきた。

「えっ、今は冬よね？　フルフルの実は秋にしか実らないはずだわ」

それは間違いなく私が大好きなフルフルの実だったけれど、この実は特定の場所でしか育たないし、秋にしか実を付けないのだ。

それなのにどうして、冬の終わりの季節に熟した果実を手に入れられたのかしら、とびっくりして目を丸くすると、イザークは楽しそうな笑みを浮かべた。

「もちろん、博識な君の言う通りだ。だからね、フルフルに季節を勘違いしてもらったんだよ」

「え？」

一体どういうことかしら、とこてりと首を傾げると、イザークが種明かしをしてくれる。

「つまり、フルフルの木をまるっと壁で囲んで、その中を秋の温度に保つことにしたんだ。そうしたら、木が秋だと勘違いして、実を付けてくれたんだよ」

「そんな方法があるのね！　イザークったら頭がいいわ」

手を叩いて褒め称えると、彼は謙遜するかのように肩を竦めた。

「とはいっても、経費が掛かり過ぎるから、商売としては成り立たないけどね」

「まあ、そうなのね」

色々と難しいのねと思っていると、イザークがふっと小さな微笑みを浮かべる。

「今回は採算を度外視して、フルフルの木が育たない遠い異国に嫁いでいく、僕の大事な従妹姫のために特別に用意したのさ」

「イザーク」

結局のところ、彼はいつだって私に優しいし甘いのだ。

そう考えてうるっとしていると、イザークは優しい声を出した。

「この果実は長期保存にむかないから、君の嫁ぎ先であるスターリング王国まで送ることはできない。だから、フルフルの実を食べたくなったら、ディアブロ王国に帰っておいで。いつだって食べることができるように、フルフルの木を騙し続けていてあげるから」

「……まあ、イザーク、あなたは本当に優しいのね。私はそんなあなたに何ができるのかしら？」

彼の優しさに胸の奥が温かくなり、私も同じ優しさを返したいと思って尋ねると、イザークは傷付きやすい少年のような表情を浮かべた。

「では、一つだけ願ってもいいかな？　ルー、君は幸せになるべき者だ。そして、僕はいつだって、君が幸福であるかどうかが気に掛かるんだ。だから、僕に何かを返したいと思うのならば、幸せでいてくれ」

彼が心からの言葉をくれたことは理解できたため、私は安心させるように微笑む。

「それはとっても簡単だわ。私は好きになったお相手に嫁げるのだから、それだけで幸せだもの」

イザークは視線を伏せると、感情を抑えた声を出した。

「……そうであればと、心から願っているよ。だが、もしも君の幸せに陰りが見えたならば、僕を呼んでくれ。そうしたら必ず、君の幸福に手を貸すために駆け付けるから」

遠くに嫁ぐ私にどこまでも優しい言葉をくれる従兄に、私ははっきりと頷いた。

それから、温かい気持ちのまま、二人でフルフルの実を食べたのだった。

✿ ✿ ✿

——それから、2か月後。

予定通り、私はスターリング王国のフェリクス王のもとに嫁いだ。

私の毎日はこれ以上ないほど幸せだったけれど、どこかで間違えてしまったのか、結婚から2年半が経過した頃、母国に助けを求めることになった。

『私が魔女であると説明できる者を、スターリング王国に遣わしてください』

そんな内容の手紙をしたため、ディアブロ王国の家族へ送ったのだ。

私の手紙は無事に母国へ届き――それを読んだ兄や姉は顔色を変えたらしい。

それから、『結婚後2年以上経過して、このような依頼をしてくるとはただ事ではない！』『私が行く!!』と言い合いを始めたらしい。

そんな中、イザークは無言で私の手紙を手に取ると、『今回は僕に譲ってくれ』と一言だけ口にし、その声を聞いた途端、兄姉の全員がぴたりと言い合いを止めたという。

――それほど、イザークの声には並々ならぬ思いが込められていたのだ。

そんなイザーク・アスターがスターリング王国に到着するのは、フェリクス様の毒を引き受け、私が深い眠りについている時になる。

## あとがき

初めまして、十夜と申します。

この度は拙著をお手に取っていただき、ありがとうございます！

本作品は、世界でただ一人の魔女であるルピアが、夫となった国王の身代わりになるけれど、誤解されてしまい……からの、『国王から最初の恋と最後の恋を捧げられる』話になります。

元々、「どんなシチュエーションであれば、ヒーローはヒロインを1番溺愛するかな？」との考えから書き始めた作品ですので、最終的には最高の溺愛を詰め込みたいと思います。

が……、が……、大変なところで1巻が終わっていますよね。

こんなところで1巻を終えるとは!!　……というお気持ちはごもっともだと思いますので、3か月後に2巻を出版予定です。

私も全力で頑張りますので、なにとぞ……。

なお、イラストが完璧にお話にマッチしていますので、物語の世界にじっくり浸り込めること請け合いです。

そして、そのイラストを担当してくださった喜久田ゆいさんの絵が、私はずっと大好きでした。

本作品を書籍化するに当たって、担当編集者の方が「いいイラストレーターさんがたくさんいるんですよー」と言ってくれましたが……。

「ええと、絶対に、間違いなく無理だとは分かっていますが、希望を！　希望を出してもいいでしょうか!!　この世のものとは思えないほど幻想的で美しいイラストを描かれる、喜久田ゆいさんにお願いしたいです!!」

「それだあ!!」

分不相応な申し出をしたのですが、その場で担当者が叫ばれました。

「ああああ、もちろん、喜久田さんのイラストは何度も目にしていたのに、なぜ思い至らなかったのだ!?　そうですよ、あの絵以上にこの作品にぴったり合うイラストは他にありません!!」

それから、その担当者が「スパイか!?」と言いたくなるような暗躍をされ、結果として、「大変お忙しいにもかかわらず、お引き受けいただきました!!」と夢のようなお返事をいただきました。

「えっ、本当に本当ですか？　そんな幸運があるものですかね??」

しばらくこの幸運を信じることができなかったのは、仕方がないことだと思います。

けれど、おかげさまで、幻想的で可愛らしくも美しいイラストを描いていただくことができました。

ほんっとうに完璧で、ルピアやフェリクスはこんな顔をしていたのだと、ときめきとともに教えていただきました。

喜久田ゆいさん、素晴らしいイラストをありがとうございます！

そんな作品の情報を日常的にお知らせすべく、ツイッターを始めました。

本作品に関するお知らせをちょこちょこと投稿していますので、よかったら覗いてみてください。

https://twitter.com/touya_stars
※「十夜」「ツイッター」で検索すればヒットすると思います。ユーザー名は@touya_starsです。
最後になりましたが、ここまで読んでいただきありがとうございます。

本作品が形になることにご尽力いただいた皆さま、読んでいただいた皆さま、ありがとうございます。

おかげさまで、多くの方に見ていただきたいと思える素敵な1冊になりました。

どうか楽しんでいただけますように！

『――もう1度
あの時間をやり直せるのならば、
私はどんな犠牲でも払おう』
ルピアの一途な純愛を理解し、
激しい後悔に苛まれるフェリクスに
ライバル登場!?
夏ごろ発売予定!

N E
そしてついに
ルピアが目覚めた時、
彼女が発した
衝撃の言葉とは――
誤解された『身代わりの魔女』は、
国王から最初の恋と
最後の恋を捧げられる
The self-sacrificing witch is misunderstood
by the king and is given his first and last love.
第2巻 2023年

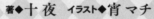

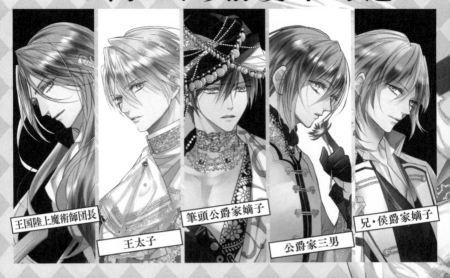

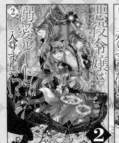

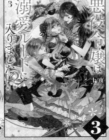

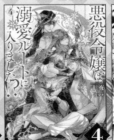

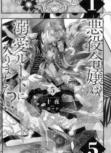

ついに「魅了編」スタート!!
単行本《コミックス》第②巻大好評発売中!!
マンガUP!にて連載中!!
悪役令嬢は溺愛ルートに入りました!? 1
悪役令嬢は溺愛ルートに入りました!? 2
悪役令嬢は
溺愛ルートに
入りました!?
①〜②
原作●十夜・宵マチ
漫画●さくまれん
コミックス
累計
10万部
突破!

原作ノベル第⑤巻と

# 同時発売コラボ企画開催♡

- ☑ **相互企画！** 単行本第②巻に十夜先生のスペシャル書き下ろし収録！
- ☑ **機密文書！** 第②巻もキャラプロフィール大放出！ルイスの好きなタイプは？意外な一面も公開！
  今回は頬を赤らめるラカーシュ!?
- ☑ **艶やか！** 特大美麗ポスターを全国のフェア参加店の一部で掲出中！

## ②巻ではウィステリア兄弟が登場！

この流線が美しい髪の
麗しい後ろ姿は!?

藤に攫われそうな透明感…
ルイス、現る。

乙女ゲームの悪役令嬢に転生したルチアーナ。断罪回避のため恋愛攻略対象には近付かない！と、心に誓ったはずが、なぜか世界に一人だけの『世界樹《ユグドラシル》の魔法使い』だと思われてしまった。しかも、いつの間にか『魅了』の魔術を掛けられているかもしれず、王国で唯一『魅了』を行使できるウィステリア公爵家の三男・白皙の美貌を持つルイスに見極めてもらうことに……って、元喪女でイケメン耐性がないのですから、そんな近距離で見つめないでください！さらに、筆頭公爵家のラカーシュからも「君のことが頭から離れないんだ」と懸想されて――!?　ええと、私はただの平凡令嬢なのに、一体どうしてこんなことに!?

さらにラカーシュも
本気を出してきて…！

マンガUP!
毎日更新
名作&新作300タイトル超×基本無料=最強マンガアプリ!!
GC UP! 毎月7日発売
失格紋の最強賢者
～世界最強の賢者が更に強くなるために転生しました～
原作：進行諸島（GAノベル／SBクリエイティブ刊） 漫画：肝匠&馮昊（Friendly Land）
キャラクター原案：風花風花
転生賢者の異世界ライフ
～第二の職業を得て、世界最強になりました～
原作：進行諸島（GAノベル／SBクリエイティブ刊） 漫画：彭傑（Friendly Land）
キャラクター原案：風花風花
悪役令嬢は溺愛ルートに入りました!?
原作：十夜・宵マチ
作画：さくまれん
構成：汐乃シオリ
神達に拾われた男
原作：Roy 漫画：蘭々
キャラクター原案：りりんら
お隣の天使様にいつの間にか駄目人間にされていた件
原作：佐伯さん（GA文庫／SBクリエイティブ刊）
原作イラスト：はねこと
作画：芝田わん 構成：優木すず
ここは俺に任せて先に行けと言ってから10年がたったら伝説になっていた。
原作：えぞぎんぎつね（GAノベル／SBクリエイティブ刊）
漫画：阿倍野ちゃこ
ネーム構成：天王寺きつね
キャラクター原案：DeeCHA
勇者パーティーを追放されたビーストテイマー、最強種の猫耳少女と出会う
原作：深山鈴 漫画：茂村モト
https://sqex.to/mup ※一部アプリ内課金あり
●「攻略本」を駆使する最強の魔法使い ～〈命令させろ〉とは言わせない俺流魔王討伐最善ルート～ ●おっさん冒険者ケインの善行 ●魔王学院の不適合者 ～史上最強の魔王の始祖、転生して子孫たちの学校へ通う～
●二度転生した少年はSランク冒険者として平穏に過ごす ～前世が賢者で英雄だったボクは来世では地味に生きる～ ●異世界賢者の転生無双 ～ゲームの知識で異世界最強～
●冒険者ライセンスを剥奪されたおっさんだけど、愛娘ができたのでのんびり人生を謳歌する ●落第賢者の学院無双 ～二度目の転生、Sランクチート魔術師冒険録～ 他
©Roy ©Saekisan/SB Creative Corp. ©Shinkoshoto/SB Creative Corp.

SQEXノベル

# 誤解された『身代わりの魔女』は、国王から最初の恋と最後の恋を捧げられる　1

著者
十夜
イラストレーター
喜久田ゆい



2023年3月７日　初版発行
2023年5月15日　2刷発行

発行人
松浦克義
発行所
株式会社スクウェア・エニックス
〒160−8430
東京都新宿区新宿6−27−30　新宿イーストサイドスクエア
（お問い合わせ）スクウェア・エニックス　サポートセンター
https://sqex.to/PUB
印刷所
図書印刷株式会社
担当編集
大友摩希子
装幀
佐野 優笑（バナナグローブスタジオ）



ISBN978-4-7575-8461-7　C0093
Printed in Japan